阿瓜日記

八〇年代文青記事

鴻鴻
Hung Hung
著

【序】八〇年代文青的祕密生活

韓良露

鴻鴻囑我寫序，說我是看他長大的。在此申明，我其實只大他半輪，但在他十八歲我二十四歲時，這點年歲的差距真大。我猶記得第一次和他見面，他剛考上國立藝術學院戲劇系不久，和就讀輔大的詩友曾淑美來我開的影響看電影。當年他的外表真是毛頭孩子，卻讓我留下深刻印象。當時我已察覺他雖青澀，卻是個早慧的文藝青年。

隔了近三十年，鴻鴻出版了他的八〇年代的日記，註明為八〇年代文青記事。其實在八〇年代，文青還是個隱藏的該隱記號，當年社會沒這個說法，就像知青、憤青等名詞，都是在九〇年代後沿用大陸的社會名詞，文藝青年的稱呼是有的，但也很少人用，文青則沒聽過。在九〇年代文青和同志紛紛出現，當年也算是正面的認同，但兩千年後，文青卻成為略帶嘲諷的名詞，要不是失落的一代，要不成為一些憤青遷怒的有閒階級，如今甚至還有嬉笑自己是假文青的獨立樂團。

鴻鴻抖出他三十年前的記憶包袱，也算對台灣社會的集體文青記憶演變有所貢獻。

他的這本《阿瓜日記》，的確可以當成八〇年代台灣文青的都市調查記錄。

當阿瓜日記在《中國時報・人間副刊》三少四壯專欄每週見報時，我很早就聽鴻鴻向我預告下週會寫到你了。說實話我雖不到膽跳，卻有些心驚，還好他提我只是側寫他當年在影響看各種藝術電影錄影帶的回憶，（像大國民啊！每八又二分之一秒跳一次啊！霧都感官世界啊！）也讓我回憶起那個對藝術電影飢渴又荒唐的時代。但我其實不知他當年暗戀影響的女服務生毛毛，他形容她清秀雅緻，也的確，這麼多年來我看鴻鴻交女朋友，毛毛那樣的女生一直是他的愛慕原型，鴻鴻喜歡的一直不是漂亮的女生，而是清雅型的。

後來我繼續每週看阿瓜日記，偶爾就會看到他寫別人，而這些人幾乎都是我認識的八〇年代文青，有時我就看的膽跳了。果然有一次在國家戲劇院的實驗劇場看完戲後，就看到鴻鴻在電梯間被某人追問怎麼可以這樣寫我，當時真有文藝江湖險惡之感。當時我還稍稍暗自慶幸還好我跟鴻鴻一直不是太熟，他能寫我的事不多。

我跟鴻鴻真的說不上熟，既非友朋的熟，又無社會關係的熟，卻有一份彼此心知肚明的心智上的親近，我會看他的文章，他會看我的文章，彼此都知對方真正的份量和虛實，不是朋友但也算的上是知音吧！但說來有件事挺奇怪，鴻鴻和我好像分屬兩個磁波場域，我們彼此甚少相連，但在他的磁場中活動的人，就是《阿瓜日記》中出現的眾多文青，從他的情人、朋友、同學到師長，幾乎我無人不識，但也有一些與我有點關係的事我也不見得清楚，等我看到《阿瓜日記》時才有一種恍然大悟原來如此之感，八〇年代文青記事其實也是八〇年代文青秘密生活揭露啊！

鴻鴻這回叫自己阿瓜當然有理。首先，日記中記錄的八〇年代，鴻鴻大約是十七歲到二十五六歲，的確是一顆青瓜；再來，《阿瓜日記》雖是青春告白，但用的並非現在的鴻鴻語氣，鴻鴻並無意書寫往事懺情錄，這點和我寫青春告白很不同，我總是忍不住用如今回想從前如何又如何的近老情緒，《阿瓜日記》雖在三十年後出土，但鴻鴻仍然力持阿瓜還是阿瓜，日記中的人事物情都還是少年瓜的狀態、不想懺悔、沒有悼念，反而令人感到時光的力量，當下即永恆，誰都不能逃避歲月在過去的刻記，留下的都是證據。

不同於《那些年，我們一起追的女孩》，鴻鴻是「那些年我一直在追的女孩們」。鴻鴻的外表清淡溫和，我卻一直視他為情感關係上的恐怖份子，為什麼？因為他具有大部分人都少有的誠實，即使是事後誠實，光看《阿瓜日記》中他的自我告白即可知，但他的誠實亦同時具有人類學家似的冷靜無情，被他的誠實風尾掃到的人也許很痛吧。

《阿瓜日記》不只是八〇年代文青生活的集體拼圖，也是鴻鴻照見自己與社會的文化鏡面，日記中的阿瓜幾乎對八〇年代的現代舞、現代詩、藝術電影、實驗劇場、新電影風潮、性別議題、環保運動等等社會能量的爆發無所不參。阿瓜想要留下當時的記錄，我想是因為許多事情、許多人都改變了，不是理想沒有了，而是許多理想如今換人擔了，不少昔日文青如今都是大亨了。

鴻鴻直到今日還是老文青，不知道這麼說他是褒還是貶？這個老文青如今已入望重之列，但不時還會做出憤青行事，像公然出面指責國王的夢想家不夢想，學過莎士比亞的鴻鴻想必也會想到凱撒被刺時說的「是你嗎？」但誰叫人生如戲呢？我們做觀眾的也只能哀矜勿喜。

八〇年代早已過去，那是個混亂、輝煌、熱烈、怪誕、爆發、崩解、充滿夢想也充滿謊言的時代，活過那個年代的文青們，如今都老了，還好在《阿瓜日記》中，這些文青留住的身影永遠不老。

目次

阿瓜寫日記

每聽她笑語、見她對別人之歡顏，心中就像被割一道。這顆心傷得不能再跳時，也該換一顆了。

1982.3.31

阿瓜此刻是個十七歲的男生，瘦得見骨不說，臉上還爬滿青春痘。他熱愛文學、藝術、電影……這在八〇年代初期，算是年輕人相當普遍的嗜好。至少在阿瓜就讀的省立高中，準備學醫學農學園藝的那班同學當中，就有不少人會結伴去看雲門舞集、蘭陵劇坊的演出，會用一整個上午猜測某部電影被電檢剪掉哪些部分。

阿瓜會寫起日記，理由是他戀愛了。他喜歡的是班上那個名叫「慧」的女生。這一點也不稀奇，因為慧本來就是一個漩渦的中心，身邊永遠圍繞著許多男女「好朋友」。擠不進那個漩渦的阿瓜，只好鼓勇寫信給她。幾封信過去，竟換來一份禮物，教阿瓜大喜過望。拆開一看，原來是一小冊日記本。阿瓜的心涼了——顯然是嫌他煩，讓他寫日記去，別再來信了。

阿瓜化悲憤為毅力，決定把日記當信寫，一天一封，從一九八二年一月十一日起，一百七十天寫到聯考考完，再整本送給她。

那個年代的女生，常有些生活小情趣。到了夏天，「慧」喜歡在手腕結一條白色小手巾，大概是防寫字時出汗弄髒字跡。有時上課不專心，一直在玩弄外套的裡子，原來裡頭藏了一隻小鳥。寫小紙條時，署名都只寫個「我」。這些行徑弄得阿瓜神魂顛倒。

班上男生一個個在比較誰同她更多關係。有人跟她同一個補習班，有人跟她同一個合唱團，阿瓜只能熱心參與畢業紀念冊編輯小組，她也在其中。小組要開會、要拍照，阿瓜必到，然而「慧」卻愛來不來。

有一回全班去烏來郊遊（那個年代的熱門景點），阿瓜鬼鬼祟祟採了一束紫花、黃花、搭配兩支蘆草，終於逮到機會送她，她卻不收。阿瓜只能拿到路邊的廟裡，當香來拜。後來見她自己採了兩根狗尾草，阿瓜又把花束拿過去，她才勉強收下。賦歸時，「慧」順手把所有的花都扔了，阿瓜只能又氣又無奈地，把一切寫進日記裡，希望日後「慧」讀到時，會對他的一往情深，感到抱歉。

阿瓜班上的女生，其實一個個頗有特色。其中一個每天帶花到學校來，插了放在講桌上。有一次還帶了一瓶蛇標本，一樣擱在講桌上，卻不說明理由。阿瓜數學極差，連補考都沒過，眼看畢不了業。停課期間他到校二次補考，竟有兩個女生等在學校，把不知哪裡弄來的考題答案提供給他，讓他順利過關。事實上這兩位同學跟阿瓜並不熟。

這些天外飛來的友情，讓阿瓜不再那麼在意「慧」的若即若離。畢業之後多年，再接到「慧」的電話，她已經在做直銷，說想約見面。阿瓜立刻警覺地想，難道要吸收他當下線？然而他們仍然沒有再見面。事隔二十多年，再看到她的消息，她已經成為直銷名人榜上的楷模。

至於那本日記，一直沒有回到「慧」的手中。阿瓜寫完一本日記，又接一本，繼續這麼寫了下去，橫跨了整個八〇年代，也橫跨了他自己，從懵懂高中生到結婚的整個生涯。

阿瓜的高中同學惜別會

阿瓜想當詩人

報上登的陳納德將軍日記乏味透頂，那種東西不知登了幹嘛，頂多《傳記文學》上露露臉就夠了。副刊的篇幅應該轉來發表我的詩，一天一首，那我就會寫得又勤快又好，成為中國最偉大的詩人。

1982.4.4

阿瓜想當詩人，由來已久。他買了一本《現代詩入門》，對其中痖弦說到「一知半解的影響力大過全知全解」，深感共鳴。於是一知半解地學起楊牧，為他心儀的偶像明星寫了一組《雅歌十九》（可想而知包含了十九首詩），投各大文學獎一律鎩羽之後，只好投到校刊去。校刊編輯都是一群極為臭屁的文藝青年，其自以為是的程度，比起阿瓜有過之而無不及。他們願意登這組長詩，卻把阿瓜召喚到校刊社去，告訴他寫得不夠好，許多地方需要修改。事實上，一位女同學已經幫他改完了。

阿瓜聞言又喜又怒，喜的是自己被接納，怒的是這些人把他嘔心瀝血的創作，居然當成作文改。但是這兩種情緒都不便直接表達，阿瓜只好與那位編輯，字斟句酌地討論起來。阿瓜採取的策略是，小處讓步，大處堅持。相持不下時，竟得用猜拳來解決。

阿瓜為了捍衛自己的作品，精疲力竭。結果登出來時，讓他更為傷心——當初力爭回來的寸土，居然多數又被編輯改回去了，甚至還不乏校對失誤的錯字。他跑去校刊社想要理論（其實是想多索取一本），不料校刊社大概是經過沒日沒夜的趕出刊工作，現在居然連續幾天都大門深鎖。阿瓜只好從連日曠課的同學抽屜偷拿一本，寄給獻詩的對象，換來一封感謝函，看就知道是由人代筆的。

當時阿瓜已在許多選稿不精（或者說鼓勵年輕人創作）的刊物發表詩作，例如《文藝月刊》、《新文藝》、《青年戰士報》的「詩隊伍」。由於誤打誤撞被文壇重鎮《現代文學》不小心登了一首詩，一些詩刊也注意到這位年輕詩人，開始刊登他的作品。發現他不過是高中生之後，更開始過譽，讓阿瓜患上大頭症，以為自己離「中國最偉大的詩人」不遠了。難怪當他被校刊改詩之時，會那麼惱火——你們不曉得我早就在更高的戰場插旗了嗎？

一個名叫「漢廣」的詩社吸收他入社。第一次見面約在明星咖啡館，阿瓜還見到另一桌，聞名已久的周夢蝶在高談闊論。後來聚會就到外雙溪山上，社員聚居的學生公寓了，因為他們多半是東吳學生。初次參與這種藝文聚會，跟一堆大哥大姊審稿論詩，阿瓜興奮莫名。一些社員自承受到鄭愁予、楊牧、楊澤、羅智成影響，更讓阿瓜覺得碰到了志同道合的同志（當時「同志」這個詞還不含性意味）。社長有個書生味極重的筆名，叫路寒袖，寫的詩很中文系，卻跟他大談陳映真和施善繼。加入詩社固然熱血，但是每個月要交五百塊社費，卻讓阿瓜有點惋惜——稿費從此不能全拿去買書和錄音帶了。

後來阿瓜還被別人推薦，莫名其妙加入中國文藝協會，也要交錢，參加亂糟糟的大會，看他們濫頒許多獎章。不過幸好還可以抽獎。阿瓜第一次參加詩人節大會的收穫，就是抽中了一包味精。

阿瓜第一次參加的漢廣詩社

阿瓜學現代舞

初上羅曼菲的課，她十分能抓住要點，
親手改正我的姿勢，令我感動莫名。

1982.3.9

阿瓜在十七歲那年迷上跳舞。對於患有藝術大頭症的阿瓜而言，只有現代舞算跳舞，進舞廳跳的那種只能算是亂抖。他花了九牛二虎之力說服爸媽讓他去雲門上課。當時雲門舞蹈班由雲門舞者授課，立案登記的是「舞蹈研究會」，不能像今天這樣大張旗鼓宣傳，但各方舞者、演員都會跑去報名。

阿瓜決心彌補自己四體不勤的缺陷，憑一股拚命三郎熱誠，一開始便自己設定，每天跑到屋頂跳繩一千下，練彈性和體能。結果沒多久就跳到膝蓋出現裂縫，奉醫囑必須休養兩個月不能練舞。沮喪的阿瓜在休養期間勤讀舞蹈家傳記，發現巨星紐瑞耶夫也是十七歲才開始習舞，反而信心大增。

由於每天放學便搭公車自西徂東趕上課，沒時間吃飯，發育期又容易餓，所以阿瓜往往在舞蹈班樓下囫圇吞一碗麵便上樓練舞。雲門當時還在狂操瑪莎・葛蘭姆技巧，整晚激烈縮腹的結果，阿瓜很快又患上了胃病，痛得三天兩頭跑醫院。有一天當胃病害起來時，「中午飯喫不下，又沒睡覺，一下午精神萎靡，到雲門更是腹中萬分難過。第二節我正欲向曼菲告假，她連推帶嚷的道：『我知道，今天是愚人節。』嗐！真是一等的可人兒。」

練舞的樂趣其實多半來自老師的恩賜。中學老師只重群體不重個體，舞蹈教室剛好相反，老師非常注意每個學生的身體狀態，阿瓜經常被這種微不足道的關懷所觸動。個頭小小的何惠禎老師，看似十分嚴厲，對於笨拙卻勤奮的阿瓜，卻策勵有加。有一陣子她挺著大肚子還來教舞，讓阿瓜覺得自己也像是她孕育的小孩。

學舞一年，開成衣廠的爸爸，特地做了一條緊身褲給阿瓜，但因為不是伸縮材質，根本不能穿。阿瓜並未因為他學舞這件事終於被接受而欣喜，反而懊惱浪費了布料。當阿瓜成功進階外籍老師的中級班時，興奮得快哭出來，喜孜孜拿來當爸爸的生日禮物時，爸爸卻批評他練舞這麼久，怎麼老師還沒教一齣舞，一定是雲門斂財騙人！又讓阿瓜百口莫辯，急得快哭出來。

雲門舞集在當時的阿瓜心中，簡直就是台灣未來的希望。不只是藝術上，還有雲門帶來的那股清新奮發精神。阿瓜就曾在日記中，幻想雲門開始積極介入社會問題，諸如交通、環境污染，擬了這樣的宣傳文詞：「我們不祇力求最完美的舞台效果，也希望這整個晚上成為一場整體的演出。公車不脫班、交通不堵塞，使您能準時到達這裡，而不必趕得心浮氣躁。表演結束後，假如您住在郊區的話，希望您過橋時能瀏覽最流暢清澈的河水，而不是淤塞骯髒的；希望您呼吸的是潔淨的空氣，而不是車輛的廢煙；使我們演出的印象隨您一路盤旋回家，讓整個夜晚成為美好的回憶，真正能滌洗您的心靈；而不是進入象牙塔看完一場舞，再一頭鑽回溷濁的現實裡……。」這可以看出來沒有捷運前的台北，生活有多令人煩惱。附帶一提，日記裡「喫、祇」這些冷僻的用法，顯示出那時阿瓜有多迷戀張系國的小說。

阿瓜耍寶的舞姿

阿瓜的電影夢

金馬獎提名揭曉，《帶劍的小孩》全軍覆沒，《台上台下》也灰頭土臉；《兒子的大玩偶》竟在最佳影片提名之外，真是匪夷所思。

1983.10.4

八〇年代精彩的表演和展覽不多，各種藝術工作者都以看電影為最大嗜好。早期搞劇場的熱血青年，多半是在藝術片的試映間結識。錄影帶剛問世時，錄影機並不普及，阿瓜到雲門練舞，還會看到老師在辦公室看影史名片。第一次接觸黑澤明作品，便是在巧遇羅曼菲在看《影武者》，結尾馬屍遍野的戰爭場景，讓阿瓜非常感動。

阿瓜參與的詩社在山上通宵聚會後，第二天也會一夥人騎車下山看電影。阿瓜想考藝術學院，出於想學點撇步的私心，那天建議大家看《名揚四海》。不料電影通俗而冗長，不是大家期待的那種「藝術電影」，讓阿瓜深感愧疚。不過更讓阿瓜惶恐的是，影片中那些年輕人入學考展現的程度，恐怕他念到藝術學院畢業都趕不上。

考上藝術學院後，阿瓜去成功嶺暑訓，每逢假日到台中放風，電影院裡擠滿了穿軍服的小毛頭。阿瓜便是在這種氣氛下看到台灣新電影的開山作《光陰的故事》，當紅的劇場演員李國修、李立群都在裡頭軋上一腳。那是一九八二年，阿瓜和高中死黨的十大國片排名，原本是：梅花、夜來香、皇天后土、精武門、假如我是真的、俠女、英烈千秋、大摩天嶺、辛亥雙十、醉拳。等到「新電影」問世，那些愛國電影便全數靠邊站了。

錄影帶普及前，是電影的最後黃金時代，電影院前還會有人賣黃牛票。阿瓜和他的初戀女友跑去西門町中國戲院看《海灘的一天》時，還爆滿擠不進去。當時外片拷貝數量還沒開放，人人愛看國片，金馬獎頒獎典禮就像世界盃棒球賽，可以是全民焦點。一九八三年，阿瓜日記裡記了一則「趣聞」。那時媽媽在夜市擺攤，金馬獎頒獎當晚她在家看電視，第二天旁邊賣毛衣的跟媽媽說，前一晚街上幾乎沒人，害他只賺了一百元。

但是阿瓜視那些迷信金馬獎的觀眾為傻瓜，雖然那一年《小畢的故事》囊括最佳影片和編、導三項大獎，《海灘的一天》和《風櫃來的人》卻在次年的金馬全軍覆沒。阿瓜非常不滿，甚至在日記中聲言「我將來的片子要送去國外得獎，而決不在國內參展！此將是金馬獎的損失。」

阿瓜雖然滿心想拍電影，可是不得其門而入。只能趁上課空檔，跑到進口外片的影業公司打工折海報。這也不是辦法。阿瓜於是開始熱衷拍照，找同學當模特兒，用連環照片說故事。阿瓜的學校成立不久，到處借校舍上課，大三時遷到蘆洲，荒涼的田野、廢棄的工廠，成為阿瓜夢想中公路電影的最佳場景。但是阿瓜沒學過攝影、更不懂暗房，快洗店沖出來的照片時而太亮、時而色偏，讓阿瓜不時得換一家重洗碰運氣，還會嘗試拿柯達底片洗富士相紙之類的實驗。阿瓜並不曉得，當時他只有一項特質，夠得上成為一名電影導演的必要條件，那就是：不自量力。

阿瓜大學時的敘事攝影

我愛MTV

「影響」終於禁不住「考察」而關門了，毛毛也自然失去聯絡。啊，為什麼不早拿相機為她拍幾張照片呢？然而照片豈可傳達表情之生動於萬一？那電影呢？一秒鐘被分成二十四格，就可以把一切留住嗎？可以嗎？

1983.11.25

六〇年代的《劇場》雜誌，會刊登一堆電影劇本，和劇場劇本等量齊觀。雷奈費里尼安東尼奧尼，許多緣慳一面的名作，阿瓜最初都是透過舊雜誌的劇本閱讀去想像。八〇年代開始，有了一項新的發明：錄影帶，許多影史名片得以流入，浸淫文藝青年的心靈。阿瓜總覺得，台灣新電影和小劇場都崛起於八〇年代，和盜版錄影帶培養出的藝文氣氛脫不了關聯。

隨之出現的新行業：MTV，就是地下電影院，盛行於公館附近。MTV都設在公寓內，空間所限，通常只有一個可容一二十人的放映室，沒有獨立看片間。老闆會排出片單，手寫影印發放，一天兩部輪映。那些盜版帶的字幕水準和現今大陸的盜版光碟一樣，都粗製濫造得可怕，看得人霧煞煞，卻不能阻撓文藝青年求知若渴之心。

阿瓜常去的MTV，一家叫「電影屋」，一家叫「影廬」，一家叫「影響」。「影響」常有些國外直接輸入的貨色。例如《大國民》首映時，全場爆滿，但是由於沒有字幕，螢幕又小，有一半人看到昏然睡去。阿瓜還與同學結夥去看《八又二分之一》，畫面抖動不停，大家戲稱「每八又二分之一秒跳一次」，只有阿瓜苦撐到結束。而期待值最高的《感官世界》，因為重要部位噴霧，導致全片都在濃霧瀰漫中，什麼也看不清，該片因而博得了《霧都感官世界》的花名。

「影響」的主人是韓良露。阿瓜看「實驗劇展」的節目單，發現她曾任黃建業《凡人》的舞台監督，不由起敬三分。她有個愛講話的短髮妹妹在店裡幫忙。但是阿瓜之所以常去，其實另有誘因。那兒有個叫毛毛的女服務生，清秀雅緻，商職畢業了兩年，現在想重拾畫筆，跟阿瓜打聽可否到美術系旁聽。阿瓜就這麼迷上了她。電影不好看時，他就偷看毛毛。

有一次阿瓜的同學在「影響」認出一個樂手，原來是毛毛的男友跑去探班。阿瓜大受打擊。毛毛後來找到一份工作，要去太平山幫曾壯祥新片《霧裡的笛聲》當助理，阿瓜又悵然若失。就在她消失期間，「影響」跟其它幾家MTV經不起新聞局一再掃蕩（還沒收電視、錄影帶），也都歇了業。

一個月後，「影響」復出了，改名「跳蚤窩」。接到郵寄的新節目單，阿瓜不顧次日就要期末考，立刻趕去看《與安德烈晚餐》。電影從頭到尾是兩個人的對話，阿瓜卻看得津津有味，正是當時剛回國的賴聲川老師喜歡談的「靜態戲劇」。阿瓜看完左顧右盼——毛毛呢？韓良露告訴他，毛毛在太平山認識別人，拍完片就「私奔」了，現在沒人找得到她。

阿瓜繼續勤跑沒有毛毛的「跳蚤窩」，直到這裡再度被查禁。然後LD影碟發明了，也出現了擁有個人看片間的大型MTV「太陽系」。電影的選擇更多了。一九八九年，一本專業電影雜誌創刊，也叫做《影響》。

對於阿瓜來說，電影與他最初的暗戀，從此密不可分。他再也分不清，是喜歡看電影，還是喜歡看電影時那種無以名之的期待，與悵惘。

盜版藝術錄影帶的時代

劇作家時代到導演時代

夢見我們演完《禿頭女高音》，到對面教堂卻見一穿迷你裙作女僕裝扮的演員坐在高凳上，原來他們也在演同一齣戲。到隔壁去，那兒也在演《禿頭》！夢中我們的觀眾寥寥三兩位。

1984.1.15

M，是享有盛名的小說家和劇作家。他寫的荒謬短劇獨樹一格，充滿玄妙的象徵，堪稱六、七〇年代現代主義的典範。

L，是剛從美國柏克萊學成的戲劇博士，青年才俊，得留把鬍子看起來才不像學生。在台灣念大學時還唱過搖滾，現在，則是個熱愛爵士和巴哈的導演。

這兩位風格迥異的藝術家，原本毫無瓜葛。一九八三年，他們卻同時回到台灣，被延攬到阿瓜就讀的戲劇系任教，分別指導大二的兩組排演課。兩位老師都大有來頭，學生也都躍躍欲試。

M溫文儒雅，L則倜儻瀟灑，學生中各有粉絲。然而上了幾堂課之後，兩組交互觀摩，赫然發現呈現極大落差。L組從學生的成長經驗出發，完全發揮即興發展的魅力，演出家教、尋父等極生活化又富趣味的情節，同學十分投入角色，演技也跟著一日千里。相反地，阿瓜分配到的M組，排演名劇《禿頭女高音》，這群經驗貧乏的八〇年代青年，完全揣摩不到荒謬劇所要諷刺的人物，M又是個無為而治的導演，大家演來刻板僵硬，連高中話劇社還不如。

初次觀摩完，M組心情低落至極，不知何去何從。是老師不會導戲，還是本組資質剛好都比較差？前者要怪命運，後者，還是要怪命運！但是，大家想進L組的渴望則相當一致。這當然是不可能的。

期末演出在耕莘文教院的禮堂，兩組分任彼此的後台支援。舞台設備拼拼湊湊，從文化大學借平台、雲門小劇場借音響。那年頭演出稀少，兩位歸國學人調教的首次公演，觀眾塞得滿坑滿谷，把初登舞台的年輕演員們嚇呆了。阿瓜戴假髮、塗紅臉、貼上鬍子演出，像個假洋鬼子，心虛不已，假髮演到一半還鬆脫，從此將表演視為畏途。

《禿頭女高音》演完無聲無息，再也沒人提起。L組的戲叫《我們都是這樣長大的》，卻得到熱烈好評。M自知不受歡迎，辭謝了下學期的排演課。全班歸到L門下，用即興方式創作了第二齣戲，有點像《波西米亞人》，以年輕藝術家生活為題材，叫做《過客》。同時L還與蘭陵劇坊的演員合作了一齣《摘星》。一年三個作品，展現了集體即興引發的旺盛創作力。次年，L就成立自己的劇團，穩定發表至今，樹立了專業劇場的標竿。

《過客》一演完，《我們都是這樣長大的》就受邀參加「實驗劇展」重演。阿瓜支援音效執行。當時的音效是用盤式錄音帶，所有接點都用膠帶黏起，從正式排練到演出，膠帶黏度逐漸失靈。演到最後一場，舞廳音樂該起時，機器一旋轉拉扯，盤帶突然鬆脫，阿瓜大驚，立刻徒手把帶子拉過磁頭。音樂繼續放，演出一切如常，後台的阿瓜卻手忙腳亂，把整捲盤帶拉進垃圾袋裡。

盤帶毀了。幸好這是最後一場，也是阿瓜最後一次擔任音效執行。阿瓜從此立志要當導演，而不是劇作家。二十世紀後半，全世界的劇場史從劇作家掛帥的時代，走進了導演的時代。阿瓜陰錯陽差地，就在一九八四年，也親身經歷了台灣的這個轉變。

《我們都是這樣長大的》

娃娃賣娃娃

晚上阿姨等人齊集我家，聽說是有人要來講「發財學」。來者為一傅姓青年，是美國安麗公司直銷商，詳細講解他們公司銷售形式——類似老鼠會之金字塔，但有傑出的產品保證，故業績成長迅速。尤其等於自己創業，弄得我也十分心動，遂鼓促媽媽參加。只是想起美國的跨國企業，陳映真的〈雲〉。

1984.2.23

年輕時，阿瓜是最狹義的那種文藝青年。人家在爭論「為藝術」還是「為人生」，他卻只知「為藝術而人生」。簡而言之，文藝在他和現實之間，隔起一道薄膜。阿瓜必須透過別人的作品，才能朦朦朧朧地，理解現實。

也有那麼幾次，現實與阿瓜短兵相接，讓他措手不及。一天十八歲的阿瓜到某個派出所問電話，竟看到幾個年輕警員，就在櫃臺後面，用皮帶刑求一名少女。這推翻了他向來對警察和國家的信任。

阿瓜向來是愛國的。高中同班同學送他一支「寫樂」鋼筆，阿瓜覺得：「鋼筆看來很棒，唯一的缺點是日本製的。」他還會在日記上寫道：「我自願是如宋楚瑜所勉勵青年的：『爭一時也要爭千秋，挑重擔才是龍的傳人！』」其實那是宋楚瑜仗著官大，亂改人家的歌詞。

阿瓜偶爾也會用電影鏡頭的眼光，看見一些生活細節。例如十九歲的某一天，他在公車站牌旁看見一對老夫婦的攤位。老先生正把乾麵撈起來，裝進一個個小塑膠袋，挑齊、壓好，這例行公事，可以讓阿瓜看得感動莫名。

事實上阿瓜的媽媽那時也在夜市擺攤。阿瓜父親做生意失敗，遠避國外躲債。阿瓜的媽媽長得圓圓胖胖，從年輕時就被老公暱稱為「娃娃」。她做了幾十年少奶奶，現在家裡有困難，毅然決然跟開工廠的小叔批發來擺地攤，真的賣起娃娃。阿瓜從學校回家，有時聽媽媽說，今天的娃娃被警察掃蕩走了，去要沒要到，聽說要罰錢，就乾脆通通不要了。

那時未婚的小阿姨也寄居在阿瓜家，阿瓜會聽到媽媽跟阿姨在討論法院來的判決書及銀行退票，兩個女人反覆猜測各種可能的狀況，阿瓜聽得百思不解。為了解決經濟困境，阿瓜的媽媽還一度參加直銷，後來才發現並不好做。但這種家庭困境，並未給阿瓜太多困擾，因為媽媽依然盡力供給小孩所需。買球鞋、看電影，阿瓜沒有缺過錢。

有一天，媽媽告訴阿瓜，爸爸拿到外國護照了，下個月可以回來。同行的僑領要與他合夥，所以全家最好搬到豪華點的房子，好給那人看。阿瓜怎麼也沒想到這種電影情節竟發生在自己身上，並未理解事關緊要，只考慮到搬家不方便而抗議。媽媽於是又想出一招，就是臨時另租一棟房子，假裝大家住在裡面。

阿瓜沒意識到，最精彩的戲劇不是發生在他正在研讀的易卜生或莫里哀劇本，而是自己身邊。回想起來，他只記得一個六月的夜晚，大雨驚雷，第二天一早他騎單車出門，水已經淹過腰際。加油站附近浮滿石油，還有小孩在玩水，水面上漂著「慶祝總統、副總統就職」的紅布條。阿瓜趕到學校排戲，剛好小塢劇場的王友輝、蔡明亮來探班。多年後他看到蔡明亮電影中那些層出不窮的淹水場景，都會想起第一次看到阿亮的那個早晨，街上淹大水。也想起他的媽媽就像騎著單車載一家人在水中勉力行進，車上的小孩卻嘻嘻哈哈，覺得淹水好玩極了。

阿瓜與母親

我們也有王海玲

王海玲演一個待嫁女兒兼串丫環，真是令人大快！覺得她真是中國最佳之女演員，怎麼辦，越來越愛她。除了坐轎（至少有三種轎子！），她與爹娘拌嘴、出嫁途中所唱，及周旋在公婆及一對情人間的戲，真妙到毫顛，可愛極了！

1983.12.23

八〇年代台灣能看到的演出真的不多，文藝青年往往什麼都看。從法國默劇到日本舞踏，從古典芭蕾到傳統戲曲，從經典名作到阿狗阿貓。哪像今天，許多大師級或最新潮的演出送到家門口，戲劇系學生眼皮都不抬一下。

那時阿瓜最迷的，就是王海玲。這要拜他的嚴師汪其楣之賜。汪老師規定這些學現代劇場的學生一定要去國軍文藝活動中心，看傳統戲交報告。當阿瓜忿忿不平：法國中小學生都可以看彼得布魯克的戲長大，多幸福啊！汪老師冷冷一句：「我們也可以看王海玲啊！」就讓阿瓜啞口無言。

同代有兩個知名的王海玲。一個是歌喉高亢的民歌手，另一個也是歌喉高亢的豫劇皇后。阿瓜迷的當然是豫劇皇后。豫劇俗稱河南梆子，融合了高亢的秦腔、婉轉的民歌與說唱，沒聽過的人很難想像那有多好聽，唱腔的土俗、灑脫，一經入耳，在阿瓜心目中，京劇和其他地方戲就通通不夠看了。

王海玲的扮相圓潤，表演更是魅力十足。她的代表作《香囊記》，有一段為人津津樂道的抬轎身段，此外她演何仙姑、媒婆、花婆，有的俏麗、有的逗趣，讓阿瓜和同學都像吃了興奮劑一樣。戲一完，全湧到後台看王海玲。

後來他又迷上日本鼓樂。新象請鬼太鼓來台演出時，好像全台北的人都出動了，體育館前路為之塞。阿瓜和同學買了便宜票，然後膽大妄為，跳下去坐特區。那時覺得為了藝術，為非作歹都理直氣壯。他們的汪老師當然在座。阿瓜那時已參加過一些藝文活動，還認出管管和袁瓊瓊夫妻。班上有個小 gay 看到他超迷的宋楚瑜，立刻尖叫起來，一旁的女同學替他跑過去喊：「宋局長好！」宋也回頭說：「好，好。」小 gay 幾乎昏倒。

鼓開始敲。鬼太鼓讓阿瓜見識到音樂表演可以這麼有活力、有變化。那種力道，那種可以持續不斷、又一再更上層樓的高潮，令阿瓜震撼不已。表演者同時停格的默契，精準萬分，又讓全場為之癡狂。幾個戴不同顏色面具的演員搶鼓敲，那種愚拙可喜，讓阿瓜發現，他再也不仇視日本了。

在那個封閉時代，看表演或許是讓人最興奮的事情。即使演出突槌，可能還興致更勝。有一次阿瓜到國父紀念館看華盛頓芭蕾，有支舞叫〈天堂鳥〉，開演後冒出一隻蝙蝠，在台上至少飛了五分鐘。阿瓜狐疑，難道那就是「天堂鳥」？反而後來去看歌劇

《蝙蝠》，全場都沒有蝙蝠出現，讓阿瓜好生失望。

不過也有真正讓人傻眼的演出。那一年「實驗劇展」的開鑼戲，由文化大學師生擔綱，戲名叫《黃金時段》，大肆誇張地嘲諷電視節目，拖拖拉拉演了三個半小時，連策展的姚一葦老師都看不完。最令他錯愕的是，劇終竟完全沒人鼓掌。觀眾實在太狠了，阿瓜一身冷汗地想——是不是該考慮轉行。

王海玲

第一次當導演

下午到校刷油漆，噴漆甚不經用，老洪只得去換油漆。培能看到說不該用油漆，以後塑膠漆上不去。弄得我們連原本想在上頭割的窗戶也不好意思割了。畫吧！

1985.2.6

阿瓜二十歲那年，第一次當上導演，導的是史特林堡《魔鬼奏鳴曲》第三幕。那是在戲劇系的導演課上，同學們選的都是經典名劇，阿瓜的同學陳立華還下了苦工，把莎翁三十六個劇本一口氣K完（阿瓜直到二十多年後也還沒趕上這個進度），然後串連所有人物、主題，編了一本厚厚的《莎士比亞・時空》，計畫在教室內外，以環境劇場的形式搬演。這個震古鑠今的大計畫，被汪老師爽快地打了回票。理由是規模太大，不適合年輕導演。立華於是悶悶不樂地，轉而戴面具演出希臘悲劇《伊底帕斯王》。

當時的演員都是學弟妹，王宗正（後來改名王柏森）演的濫情羅密歐、馮翊綱演出《慾望街車》的豪邁史丹利，都讓人津津樂道。阿瓜《魔鬼奏鳴曲》的陣容，由同學劉旭峯演少年學生，闖入陰暗的豪門，探視瀕死的少女——由阿瓜的學妹 Vicky 擔任；另外還有全校最高大的學妹 Eva，演出象徵殘酷現實的廚娘。

阿瓜想當個不一樣的導演，讓排戲不只是排戲，而是所有人共同的心靈成長課程。

於是他先讓演員讀詩，培養對文字與聲韻的敏感，還不斷拿音樂在排練場給大家灌迷湯。那時ＣＤ剛問世，還沒幾個人有這麼高檔的產品，於是出現一家叫「景然」的品牌，專門將ＣＤ盜拷成錄音帶出售，音質比已往乾淨得多，造成搶購熱潮。阿瓜每次買了新的「景然」錄音帶，都變成了演員的功課。演員們也不明白這些玩意和戲的關聯到底為何，只能一愣一愣聽阿瓜在音樂聲中讀孟東籬、曾昭旭，高談藝術、人生、理想。

阿瓜也覺得戲不能只在教室裡排，應該要和現實世界接軌。有一天晚上他們去到阿瓜家的房間裡排戲，這還不夠，阿瓜又決定整隊人拉到社區的籃球場上排戲，和四周的嘈雜聲響對抗。遇到有汽車在附近掉頭，強光來回掃射到演員身上，阿瓜還覺得十分精彩。阿瓜原本打算下次整組人拉到海邊去漏夜排戲，結果因學妹不願在外過夜而作罷。倒是為了體會劇中的宗教氛圍，阿瓜成功地說服旭峯一起去聖家堂做禮拜。兩人還跑去領聖體，連舌頭都不會伸，立刻被修女識破，跑來跟他們說非教友是不能領聖體的。

那時電影圖書館剛好放映柏格曼系列，阿瓜從《秋光奏鳴曲》中一知半解到戲劇結構的對位概念，場面調度遂完全以對稱為原則。他也受柏格曼的美感薰陶，決定舞台必須是全白的，不走一般劇場的全黑路線。於是和負責舞台的同學洪德揚，把學校的景片通通塗白。漆完才被發現，他們居然用的是油漆而非水性漆，讓景片的帆布毀於一役。這兩個呆瓜居然沒被當掉，也算是奇蹟。

劇中提到的風信子花，阿瓜一開排就買了五盆，希望演員能更有真實感。結果開演前已經全死光，只能再去張羅。首演時，音效執行陳慕義接連放錯兩段音樂，讓阿瓜差點休克。當晚睡覺，還夢見音樂又放錯了。

不過就像楚浮《日以作夜》所呈現的，拍電影的過程雖一團混亂，結果卻讓這一切都值得。阿瓜開始覺得做劇場跟拍電影，真有點異曲同工。就在他惡夢醒來時，阿瓜發現，他再也不想離開劇場了。

阿瓜版本的《魔鬼奏鳴曲》

失落的珠鍊

夢見S來，我意欲同她交歡，但她不肯，因為身孕已很大了。我堅持要了她。她坐馬車回去，經過一片草原。我幻想自己投入瀑布死去。

1983.10.6

暗戀不算，阿瓜第一次戀愛，是將滿十八歲的時候，對象是一個精靈古怪的高中學妹S。她熱愛文學藝術，會把《紅樓夢》的瑰麗文字抄下來研讀；同時她也熱中政治，對阿瓜的不食人間煙火嗤之以鼻。但兩個人都在熱烈探索未知的情慾，會在沙灘上互相撫摸，在山上的墓園偷嘗禁果。阿瓜為她寫了不少詩。

S因為身體不好，大學一直沒考上，還在補習班受罪。她母親威嚇女兒說再考不上，自己就要去死。S壓力大，情緒也很不穩定，往往讓阿瓜猜不透她在想什麼。

交往一年後，有一次相約出遊，S送他一段繩子和一串自己做的珠鍊。他們在故宮下方的隱蔽樹叢間激情。珠鍊不幸在黑暗的草地上遺失了，遍尋不著。S對這件事似乎十分在意，於是下個週末，阿瓜獨自前往故宮尋找那串失落的珠鍊。眼看天色漸暗，心中憂急交煎，一面和無孔不入的群蚊大戰，一面瘋狂地將雙手插入每一寸可能的地方搜尋，然而還是沒有找到。S在電話中毫不容情地責備阿瓜。阿瓜也很惱怒，想那串珠鍊勢必躲在草叢裡得意地觀賞它的傑作。

自此S就跟阿瓜漸漸疏遠。阿瓜約她看電影，遭拒絕的理由都很莫名，什麼沒錢坐車啦，天太冷啦，一定不好看啦。又會故做神秘地說，有件事讓她很興奮，卻死都不肯告訴他，讓阿瓜備感挫折。阿瓜生性浪漫，也可能是被瓊瑤和依達毒害，對他而言初戀就是唯一，只想從一而終，所以又努力撐了幾個月。直到有一天，S面交他一封信，說要分手。

失魂落魄的阿瓜，春心開始在同學和學妹身上飄來轉去。半年多後，兩人又通上電話，那時S已考上大學夜間部，說她過得不快樂，但不想見阿瓜。她又暗示現在和她的室友「很好」、「都不正常」。

有一次阿瓜去看平劇《霸王別姬》的時候，遇上燙了頭髮的S和她美麗的室友。過兩天就接到電話，她們邀阿瓜到家裡聚餐。S的家十分溫馨，還養烏龜，室友咪咪也很和善。過了兩天，三人又一起約了去看雲門《夢土》，看完阿瓜又受邀去女孩家喝酒、吃栗子。咪咪開始訴說和S如何相識，阿瓜確定她們兩個是戀人，於是也放心談起自己半年來心繫的學妹。

咪咪睡著後，S哭了。說她想單獨一個人，但又思念阿瓜。這時咪咪突然用鼻音說起夢話：「太陽好大，口渴……」S連忙把燈關了，又餵她水喝。哄咪咪睡著後，S就在旁邊抱住阿瓜，溫存起來，直到天亮。

阿瓜覺得彷彿才睡著半小時，突然被喚醒，S叫他快走，說咪咪在哭。阿瓜連忙騎單車離開，快到家時，在巷子裡被一輛垃圾車擋住，他才回過神來，一心只擔憂破壞了兩個女孩之間的情誼。

當天晚上，S告訴阿瓜，說咪咪其實早醒了。她要S二選一，S仍然選了咪咪。在S授意下，阿瓜帶了一瓶陳年大麴去賠罪，咪咪竟欣然接受，恍若無事。阿瓜極為心疼，他發現，現在自己最關心的，居然是這個說夢話的女孩。

那串失落的珠鍊彷彿變成一條蛇，現在又回到他和S中間來了。

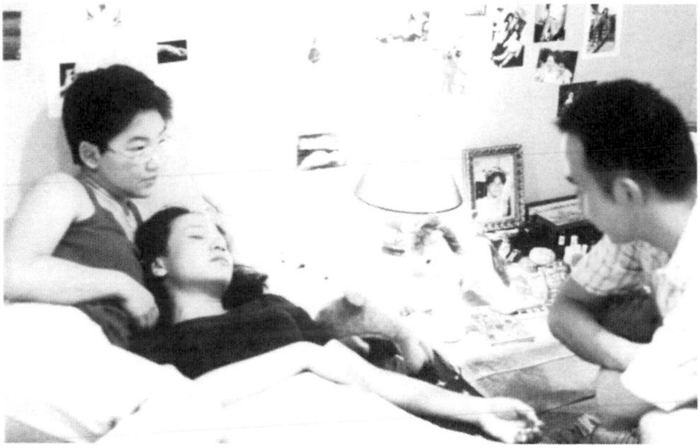

《3橘之戀》中咪咪的夢話

月蝕之夜

從兩點多開始月蝕，至四點月全蝕我們才騎單車回去，路上我和S手牽手騎，不意被阿福撞見——唉，為何我總扮演令別人傷心的角色？

1985.5.5

S在玩危險平衡的遊戲，她需要阿瓜在自己跟咪咪中間，才能忍受咪咪。無奈的咪咪只能一直讓她予取予求，直到再也受不了為止。

阿瓜在兩女孩住處過夜的風波沒幾天，S便告知阿瓜，咪咪已被安撫好了，她今天生日，叫阿瓜送個禮物討咪咪開心。知道咪咪在學書法，阿瓜便送了她兩本字帖，又借她們音樂聽。咪咪很友善，還教阿瓜怎麼看攝影構圖。這回三人聊到很晚，S毫無忌憚地拿咪咪那晚說的夢話「洋娃娃會不會咬我的屁股？」來開玩笑。咪咪倦極了都不肯睡，阿瓜才識趣離開。

阿瓜一走，咪咪就翻臉了，猛灌酒，跟S展開冷戰，兩天後還離家出走。阿瓜被S叫過去，當然又是用最原始的方式安慰她。稍晚咪咪跟一個男生一道回來，S的選擇是帶阿瓜離開，兩人去橋下的運動場散步，還合買一個風箏，要送給可憐的咪咪。

第二天晚上，S又電告阿瓜，咪咪留了「我愛你」三個字血書，半夜發起瘋來，穿睡衣四處亂走。S又告訴阿瓜，自己何時單獨在家，希望阿瓜去找她。阿瓜一面為咪咪心痛，一面又冒著進一步傷害咪咪的危險，滿足S和自己的需要。從來沒有遇過這麼矛盾的處境，阿瓜開始認識情感的複雜黑暗深淵，這是那些經典劇本無法指引他的。

當時正值大三下學期，校園一直沒蓋好的國立藝術學院，從國際青年活動中心先轉到台大男八宿舍上課，又要移師蘆洲借用空大校舍。阿瓜搬到蘆洲和學弟妹一起租屋，S和咪咪還穿著白衣藍裙的情人裝，來他的新居幫忙，一起組衣櫥、貼海報。那天阿瓜新打的鑰匙還插進鐵門拔不出來，只好留在門上，像一個尷尬的象徵。咪咪要回台北參加舞會，阿瓜堅持S跟咪咪一起離開，以免又惹她傷心。

咪咪是能幹的主婦，很會下廚伺候情人。她生氣不做飯時，S便以麵包度日。然而S不但一直跟阿瓜暗通款曲，還嘴饞一個跟阿瓜要好的同學。咪咪終於忍不住以同樣的方式傷害自己、也傷害S。她跟一個學長搞曖昧，被S偷看日記發現了，半夜發火掐咪咪的脖子，還打了她兩耳光。咪咪憤而割腕，只能連夜送到三總急救。

這樣折騰了四個月，她們終於搬到一間更大的公寓，S單獨住一間，咪咪和另一個女生住一間，還多出一間，租給一個男生阿福。這樣S可以單獨和阿瓜廝混，咪咪似乎決心不管那麼多了，也不再勉強搭理阿瓜。那個阿福追過S，但被拒絕了。看到S和阿瓜這麼親密，他可能也心碎不已。

一個月蝕之夜，五個人一同去碧潭遊玩。划船人數不好分配，只能作罷。管租船的年輕人，卻趁機大談有多少人跳水自殺，而他為了救人發生多少趣事。阿瓜趁機和S走開，勸她和咪咪言歸於好。她卻說咪咪很乏味，還繼續跟那個學長胡搞，自暴自棄。當初阿瓜羨慕S與咪咪看來那麼穩定的幸福，想不到這麼容易一戳就破。

阿瓜不曉得，為什麼自己老是扮演讓別人傷心的角色？十三年後，阿瓜終於用他的第一部電影，試圖解脫這份愧疚。但是彷彿，終究沒有成功。

《3 橘之戀》中兩個女孩的愛情

羅莎琳與茱麗葉

夢中追出大堂，看見遠處黑暗中，毛毛和諾諾的身影，卻發覺自己光腳踏在石子路上好痛。

1984.7.24

在仍然相信永恆真愛的年輕時期，阿瓜只困惑一件事：怎麼認出你的真愛？讀《羅密歐與茱麗葉》劇本，與他以往的印象大相逕庭——茱麗葉原來並不是羅密歐的初戀！兩人相遇前，羅密歐正陷於對羅莎琳的苦戀，為得不到這「無與倫比的美人」呼天搶地。然而一看到茱麗葉，他立刻改口：「我愛過誰了嗎？眼睛啊，說吧，從來沒有！」

看純情的芭蕾舞劇《天鵝湖》更讓他驚恐。王子愛上白天鵝奧德蒂，舞會時卻把先趕到的黑天鵝奧黛兒誤認為他的真愛，從而鑄下大錯。（這個故事的教訓有二：一是男生認人的能力真的很差，二是約會千萬別遲到。）

那麼，你怎麼知道現在以為的真愛，是羅莎琳還是茱麗葉？是黑天鵝還是白天鵝？於是阿瓜就跟所有發春的男生一樣，無頭蒼蠅般找著自己的真愛，一個也不放過。

大二的某一天，阿瓜去參加高中同學會，約在師大門口。等人時，有兩個女孩經過，站了一會，然後跟人借硬幣打電話。阿瓜盯著那黑衣女孩不放，發現她並不迴避，阿瓜終於拉了死黨壯膽，生平第一次，去跟一個陌生女孩搭訕。因為剛好帶了相機，便求女孩讓他照相。她起先拒絕，後來才說是被照怕了，相片太多了。阿瓜還以為她在推託，不料她真拿出一大疊來，讓阿瓜選。阿瓜一看，那些全是沙龍照，相片後面寫了名字，還有身高（167）體重（43）年次（55）。但她看來可比十八歲成熟。

原來她正等人帶去電視台拍廣告。阿瓜覺得那些沙龍照很做作，說服她拍了幾張。她的女伴似乎也習慣了，自動讓開。女孩大方地留了電話地址，但阿瓜之後只把相片寄去，就找不到動機繼續聯絡了。看來她甚至不是阿瓜的黑天鵝，也許只是黑天鵝的倒影。不過女孩往後倒是一帆風順，演了電視，嫁了名門，還將一所大企業執掌得有聲有色。

半年後，阿瓜又在實驗劇展期間，看到一個女孩在劇場門口，綁著髮辮，阿瓜心跳加速，認定她是茱麗葉，不是羅莎琳。這回膽子不大不行，次日趁劇團還在原地演出，阿瓜跑去找人遞紙條，然後躲在外頭窺看。女孩終於跟一個男生走出來，朝著阿瓜指指點點，阿瓜原先設想的劇本立刻煙消雲散，落荒而逃。

兩天後實驗劇展的另一場演出，女孩竟然又出現了。經同學介紹，阿瓜終於講到幾句，卻沒機會要電話。散場時另一個同學 Jack 來報訊，說她一個人去趕車。阿瓜立刻衝到大街，見女孩已在對面，公車正要停靠。阿瓜立刻橫越馬路，一口氣跳上車，找不到人才發現，女孩仍在站牌下，車卻已經開了。阿瓜暗叫不妙，下一站趕快下車跑回來，結果伊人已杳。

垂頭喪氣回到家，突然接到一通無名電話，警告他別亂追人家馬子，「否則試試看！」阿瓜結結巴巴，結果竟是Jack的惡作劇。Jack說，他可是黃雀在後，也跑到車站看究竟。結果劇團的一個男生跟來，和女孩一起上了車。膽小的阿瓜心想，好佳在，倘若遇上這種三人行場面，他才不知如何應付呢。

這就是初識諾諾的經過，之後兩人的友誼比阿瓜任何女友都長。多年後，阿瓜終於學會不去追究誰是羅莎琳、誰是茱麗葉，她們也許根本是同一個人。但阿瓜在夢裡，仍然經常會回到那個自以為趕上了車，心愛的人卻不在車上的夜晚。

諾諾

我也會走慢動作

看完《列女傳》，我深感汗顏，原來身為女人是多麼痛苦，自己從前的態度真是要改了。

1984.8.6

一九八四年七夕，阿瓜和心儀的女孩諾諾初次出遊，去陽明山玩了一整天。理想行程應該是，下山後去吃士林夜市。然而阿瓜只能依依不捨地道別，趕到國立藝術館看戲。什麼戲這麼要緊？那是香港剛成立的一個劇團「進念・二十面體」。這麼怪的名字當然令人好奇，何況他們演的是《百年之孤寂》。

雖然阿瓜已經累掛，滿心還是諾諾的倩影，然而戲一開演，他仍被立刻牽動了。從頭到尾只見演員一個個以慢動作橫越舞台，有人手中拿著信要送，有人拉著繩索，有人扮演青蛙。演員不斷換裝，從白到灰到黑，偶見赤膊，最後還有紅衣人出現，阿瓜當時雖不解紅色的政治隱喻，仍感受到視覺震撼。他記住了導演的名字：榮念曾。慢動作很像後來台灣新電影盛行的長鏡頭，把時空凝固在景框裡，可以好好體會審視。這是阿瓜前所未有的經驗。

隔了一天，進念的第二齣戲上演，另一位導演林奕華的《列女傳》。這齣戲大不相同，有了角色和國粵語夾雜的對白（由兩位台灣女演員充當說書人，其中之一是丁乃箏，奠定了十八年後她與林奕華合作《張愛玲，請留言》的機緣）。上半部由男人串演女人，下半場由女人現身說法。劇中把木蘭從軍、王寶釧、金瓶梅的故事，全部顛倒性別講了一次。阿瓜忽然發現男女有多麼不平等，成了他性別意識的啟蒙。

這兩齣戲把台灣的劇場人看到傻眼。之前的典範是蘭陵，帶來靈活生動的樂趣與美感。進念的戲，卻有如思想的大震撼，證明劇場也可以批判論述。過了將近一年，從蘭陵出走的阿晃，跟一群年輕朋友在新象小劇場，以筆記劇場之名演了一齣《流言》，用榮念曾《舊約》的六頁對白，發展出豐富的情節。兼容了進念兩齣戲的風格，談政治、談性別，談資方與勞工、政府與人民、作家與讀者、觀眾與演員的對立關係，言簡意賅。中間還穿插幾段獨白，把女人妙喻為甘蔗、楊桃、愛玉……然後也有許多慢動作。小黑觀眾中有個小黑，在演後透露，他即將在火車站地下道做的演出，也要用慢動作。小黑的團叫「洛河」，他的地下道演出後來還被寫進小劇場運動史。

那天是一九八五年五月二十六日。隔週，創刊不久的《四百擊》電影雜誌六月號登了一篇美國前衛導演羅伯·威爾森的報導，提到《沙灘上的愛因斯坦》，阿瓜發現，原來他才是慢動作的大宗師。

六月十一日，賴聲川領導國立藝術學院創作的《變奏巴哈》在社教館首演，人與物像巴哈的賦格音符一樣，在舞台上交織錯位。阿瓜在裡面扮演三位巴哈之一，必須戴著聖誕老公公的假髮，慢動作穿越舞台。「洛河」也來共襄盛舉，以慢動作走入觀眾席看戲。阿瓜的媽媽看完，謝幕時找不到阿瓜，不知他躲在巴哈的裝扮裡。首演雖興奮，當天阿瓜的日記卻突兀地出現一行記載：「唐文標昨天死了。」

第二天演出，張艾嘉晚到，被賴聲川帶到側台，躲在幕邊把戲看完。等上台的演員們都在分心看明星。「筆記」的朋友也很捧場，耿瑜說她看了兩遍呢。

二十幾年後，羅伯·威爾森的作品終於來到台灣。看著舞台上單向流動的慢動作身影，阿瓜還想，哼，有什麼了不起，台灣人早就看過了！

榮念曾《百年孤寂》（林奕華提供）

偷海報的賊

報載趙琦彬要侯孝賢把《童年往事》剪到兩小時以內，閱之又急又怒，打電話去聯合報反映，第一次幹這種事，痛快！

1985.8.4

一九八五年暑假侯孝賢《童年往事》上映，那年頭還沒有午夜場，戲院為了衝場次，都不肯接受超過兩小時的電影，唯有《亂世佳人》這種大片可以例外。楊德昌《海灘的一天》首開先河，衝撞體制（但是也被迫剪了一個不到兩小時的版本，現在電影台還會播），後來《童年往事》和《我這樣過了一生》也跟進。當時《民生報》還出現一篇社評，說侯孝賢是「展露肚臍眼的導演」，而製片制度已糟到「導演愛拍多長就可以把影片拍多長」！

長片場次接得緊，首輪戲院也沒時間清場，前一場字幕攔腰一斬，下一場觀眾已經湧進來了。阿瓜喜歡的電影，往往坐在原位，連看兩遍，《童年往事》就是這樣。不過其實阿瓜當時比較喜歡拍《小爸爸的天空》和《結婚》的陳坤厚，他覺得畫面乾淨多了。

身為影痴（劉森堯發明的說法）的標誌，就是著迷的電影，一定要去偷海報，這是楚浮《四百擊》教過的。《童年往事》的海報有兩款，一款是漫畫少年，一款是導演照。阿瓜從沒見過拿導演當主角的海報，電影還沒上映，就已決定要偷。有天在真善美戲院看完萬仁《超級市民》晚場，準備動手，想不到散場太晚，鐵柵已拉下了。第二天白天他又跑了一趟，先拉開櫥窗玻璃，想不到輕輕一扯，整張海報就落了下來，阿瓜來不及等到好時機，就在眾目睽睽之下捲逃。這麼狼狽得來的，格外珍貴，阿瓜於是將海報貼在牆上，讓侯孝賢陪他度過最後兩年大學時光。後來膽子大了，《戀戀風塵》上映最後一晚，阿瓜跑到三重一家戲院，把劉振祥拍的黑白染色劇照和海報，不客氣地全套幹回家。

阿瓜家境並不寬裕，卻想盡辦法看電影。大二時發現電影圖書館，許多經典盡在片單上，他大喜過望，因為四十元就可以看一部錄影帶。他立刻辦了會員證，編號22號，開始勤跑圖書館。可是櫃台小姐臉很臭，還會刁難，後來阿瓜發現她有孕在身，才比較釋然。

為了節省開支，阿瓜還會去信索取一些特映券，通常是爛片才會這樣濫發。阿瓜到戲院去換了票，回身立刻轉手賣掉，拿錢去看他想看的電影。他還發現一招，十分得意，就是去捐血。阿瓜走進西門町的捐血車，只要前晚睡得不太差，通常檢驗可以過關。捐血可以得到一包餅乾、一盒保久乳，立刻省下一餐，可以去買電影票。可惜捐血簿有登記，兩個月才能捐一次。

那時新電影風風火火，阿瓜跟女友S有一天跑去耕莘文教院去聽座談，侯孝賢、張毅、萬仁、金恆煒、馬森、齊隆壬都到了，全場爆滿，阿瓜只能自行搬椅子坐最後一排。侯孝賢認為長拍是不二法門，張毅認為電影對白可以越少越好。阿瓜立刻在心中反駁：「《棉花俱樂部》五秒鐘一 cut 難道不行？《與安德烈晚餐》從頭談到尾難道就不是好電影？」不過座談完後，阿瓜卻高度評價張毅，在日記中像老師般批示道：「他文質彬彬，條理分明，自覺敏銳，根柢深厚，不是侯孝賢般莽夫可比。」二十五年後，阿瓜參與華語電影票選時，卻全盤翻轉，選了三部侯孝賢，一部張毅也沒選。

阿瓜與他偷來的海報

楊美聲報告

這是死亡、出生、追尋自我的戲劇歷程，尤其說到正在演出的當下及結語「我是楊美聲，今年〇〇歲」時，真是感覺好極了。

1985.9.11

一九八〇到一九八四年，「實驗劇展」掀起台灣劇場的改革潮浪。一九八五年，為紀念李曼瑰逝世十週年，改名「鑼聲定目劇場」，賴聲川前一年的藝術學院製作《過客》受邀重演，身為演員的阿瓜，於是一起出席了記者會。

記者會官樣說白一大套，各劇團又不善利用自己發言機會。無聊的阿瓜於是猛吃蛋糕，和同學調笑、傳紙條，還有看他崇拜的張曉風。曉風要推出新劇作，令阿瓜興奮不已。記者會上還有一個戴黑框眼鏡、國字臉的中年人，居然是中影製片經理趙琦彬。就是他下令侯孝賢要把《童年往事》剪短才准上映，阿瓜直接視之為賊，如今發現他竟也是「中國話劇欣賞演出委員會」的總幹事，協助姚一葦主任推動「實驗劇展」！阿瓜涉世未深，實在無法理解這種人格分裂。

蘭陵劇坊的影響已開始擴散，那一年剛回國的陳玉慧在蘭陵執導《謝微笑》，蘭陵老將阿晃跑出去和老嘉華成立的筆記劇場，也在劇展推出集體創作《楊美聲報告》。

「楊美聲」，其實是就是蘭陵另一位深受阿瓜喜愛的演員「楊麗音」，但是她因為要演《謝微笑》，反而無法參與發展《楊美聲》。

那年頭「互訪」風氣鼎盛，阿瓜和同學排完賴老師的戲，有一天便一起殺到杭州南路阿晃家中，看他們排《楊美聲》。阿晃家簡直是人民公社，一堆筆記團員都住在一塊，八塊榻榻米的客廳就是排練場。這齣戲從每個人出生開始，逐年輪流口頭報告各自的成長經歷。內容非常真實，據說是受到《童年往事》的啟發。但是形式上，又融合前衛劇場「即興偶合」概念的影響，雖然演員有九個人，但每次只有五人上台報告，三場演出的組合都不同，也就沒有哪一場是「確定版」。

阿瓜去看排練的那回，組合是阿晃、嘉華、鄧子、小孩、高妙，劇中人人都叫「楊美聲」。每個楊美聲的遭遇天差地別，但又共同被歷史時空所影響，層層交疊，敘述最後匯集到當下。阿瓜起先以為他們講一講肯定會起來「演」一下，想不到真是從頭「報告」到尾！

正式演出加了投影，內容是每年的重大新聞剪報，補強了環境氛圍。戒嚴時代新聞標題的官方色彩，對比底下小人物的生活悲欣，經常「偶合」出強烈的張力。《機械生活》的樂聲不時湧現（那年頭菲利普・葛拉斯是小劇場的最愛），還有一名演員全身裹在紅布裡，滿場爬行，緩慢可怖，尤其攀爬到背幕時與投影交疊，像報紙沾上了血塊，更是觸目。

第一次看到這麼「低限」又「後設」的演出，阿瓜連看兩場（還有同學三場全看），越看越感動。第一場紅布人是由施心慧扮演——後來她還變成阿瓜《恐怖份子》的助導同事。第二場，演完《謝微笑》的楊麗音跑來客串紅布人，讓施心慧上場報告。報告的還有一個黃健和，看來十分緊張。

阿瓜從此變成筆記劇場的粉絲，還把「楊美聲報告」寫在T恤上，到處招搖。不過別人不見得像阿瓜那麼投入。有些學弟妹在後台幫忙，傳出工作人員多半不喜歡這齣戲。阿瓜的一個詩人好友看了還說，不如回家讀《盧梭懺悔錄》。

楊美聲報告（王耿瑜提供）

五百戶

二伯伯喜歡聽蔡幸娟的〈回想曲〉、〈三年〉……二娘說自己的萊陽腔軟軟最適合唱歌了，不像二伯伯即墨腔像罵人。

1985.7.23

七〇年代，政府曾經有誠意要解決無殼蝸牛問題，蓋了一堆平價國宅，結果供不應求，想買得排隊抽籤。阿瓜家裡由母親前去登記，抽中了一戶，位於南崁，一個社區共有五百戶人家，通稱「五百戶」。

但是房子還沒蓋好，阿瓜的二伯二娘（娘就是嬸，山東話念起來像「耳背耳釀」）要從台南北上，父親便把房子讓給他們，自家在五百戶另行租屋。雙層雙拼的新房後有院子、前有花圃，雖然都不大，已頗得生活情致。阿瓜還騎單車穿過田間小路，去上桃園國中。

二伯二娘膝下沒有子女，非常疼愛阿瓜兄弟。瓜哥溫文儒雅，常跑去幫兩老解決生活疑難雜症，噓寒問暖，自然更得喜愛。阿瓜則從小自私自利，只因吃不慣二娘的菜，老覺得去他們家彆扭。二伯伯苦於自幼失學，抱負不得伸展，只能當裁縫，曾請阿瓜教他識字。阿瓜年幼無知，教得心不在焉，只貪圖那筆賞錢。

住了一年，為了瓜哥要上建中，全家又搬到台北。阿瓜有記憶以來，搬家就是常態。每次有機會買房子，父親生意就跳票。母親老是抱怨，住不到自己的房子。等到她年逾六十，終於在自己名下買了一棟，貸款剛繳清，就被阿瓜拿去抵押，借錢拍了部血本無歸的電影。女人一輩子被丈夫兒子欺負，阿瓜的母親就是明證。

二十一歲那年暑假，阿瓜難得又隨瓜哥來到五百戶，住了兩天。二伯伯還英挺，拉著阿瓜要幫他做西褲。阿瓜兄弟從小的西裝都是他做的，但阿瓜從不愛穿。這回又抵不過，只能選了一塊稍沒那麼老氣的條紋布。

二娘年輕時是個美女，現在卻比二伯伯老得快，整日疑神疑鬼，懷疑二伯伯外遇。又覺得自己滿身病痛，醫生檢查不出病因，便要她去看精神科。他們養的狗小莉也老了，十七歲，都走不穩了。

有位劉伯伯來打牌。當時探親還沒開放，二娘說，好些老光棍真是想家想瘋啦。劉伯伯在做公寓管理員，整天只拿著照片想呢。

阿瓜帶了本《約翰・克利斯多夫》，但沒多少時間讀。得陪二伯伯看電視，五燈獎有個拉小提琴的可愛女生，叫留慈芳，讓阿瓜著了迷。二娘愛躺在椅上唸叨：「黃金一錢才一百五，等我要去買的時候就兩百了。我就不買，等它跌下來，等等又兩百五了，三百了，我才知道黃金一升上去就不跌的囉！那時候傻瓜，買了不就發財了？買不到了，才把錢存郵局去。」

又談到從前領阿瓜上學的小惠姊姊。從前大家愛拿小惠和瓜哥配對湊趣，小惠一聽，大嘴巴就笑開了。但二娘老嫌小惠矮。後來小惠在車站問路認識一個漂亮的男孩子，交往了一年多，人家卻忽然失蹤，連地址電話都沒有。他自稱是台大什麼系的，瓜哥剛好念台大，便去幫她查，也查不到。二娘說那一定不是個好東西，不是被抓起來就是槍斃了。「在火車站能認識什麼好人呢？」

多年後二娘過世，垂老且瞎了一隻眼的二伯伯把房子賣了，娶了個大陸新娘，搬到一間大樓的小套房。阿瓜於是再也沒回到五百戶。現在的男人還是會忽然失蹤，不過可以斷定的是，那是出於絕情，而不是給抓起來無聲無息槍斃了。

五百戶前的母子合影

專程拜訪

學校對面的雜貨店老闆真有興趣，下午一家四口來看。晚上我特地去買東西，他說看《變奏巴哈》要想，這齣戲較不費腦筋，一看就懂了。

1986.1.2

賴聲川老師在國立藝術學院連做三齣製作之後，雖然連獲好評，還是傳出他在系務會議被圍剿，說學生只會集體即興創作，不會演別的了。於是下一學期，推了黃建業老師當導演，劇碼是《專程拜訪》——好萊塢拍過一次，中文片名叫《貴婦怨》，大陸則譯成《老婦還鄉》。總之是杜倫瑪特的代表作，講一個有錢的老婦為了報復從前的情人，用龐大的捐款誘使故鄉鎮民全部變成殺人兇手。既是對人性同流本質的洞察，也是對資本主義和多數民主的批判。

黃老師才三十出頭，已經是台灣首屈一指的影評人，也做過實驗劇，阿瓜和同學在他的課堂上，學到了看電影門道的基礎，對他十分敬愛。那時他新婚不久，每天笑瞇瞇像尊彌勒佛。結果與他在文化大學同窗的阿登老師跟學生爆料說，黃建業念大學時是個憂鬱詩人，每天寫一首詩給一個舞蹈系女孩，但終究沒追上，現在的太太是參加救國團活動認識的。阿瓜才知道，原來浪漫詩人和理性的評論家，是可以並存一身的。

阿瓜應徵導演助理，可能是因為角色太多、演員太少，還是被派去演一個戲份不多的神父。阿瓜為了做功課，跑到蘆洲的天主堂找神父聊天，道具十字架和阿瓜的腦袋上，都身不由己被灑了聖水。

演出前一週，整齣戲先搬到高雄文化中心的至善廳（小廳）首演。文化中心到處都是標語、銅像，官氣十足。但工作時間極其倉卒，上午開始裝台，晚上就要演，根本沒時間做技術排練。場地設備不佳，舞台兩翼穿幫得非常厲害，整個場景的幻覺完全被破壞。燈光亂走，經常景沒換完，燈就亮了。音效更是或早或晚，男主角上教堂向神父求救的一場，最後關鍵的鐘聲，竟然遲遲不響。阿瓜和同學陳立華兩個，只能晾在台上，開始用上賴老師教導的即興創作。

回到台北的國立藝術館演出，總算順利多了。只是阿瓜被髮膠薰得頭昏腦脹，快要中毒，晚上洗四次頭都還洗不乾淨。

演這種小孩裝大人的戲，對所有的人都是考驗。阿瓜的媽媽帶親朋好友捧場，瓜哥批評阿瓜的神父演得不像，一位信主的阿姨也說，有這種謀財害命的神父，怎麼得了！沒有參與演出的同學小夏則來報馬，說林懷民、蔣勳、王小棣，都中場休息就走了。阿瓜也很自責，他只顧每天下課就跑到台北狂看電影，根本無心琢磨自己的演技。

雖然是經典搬演，黃建業老師說，選這個題材其實是和台灣當時的不景氣有關。這關聯阿瓜一知半解，倒是戲剛演完，縣議員選舉就登場了。阿瓜發現那些塞到信箱的傳單，候選人名字下面都寫著「專誠拜訪」四個字，覺得真是太諷刺了。不過若是今日，經歷了官商互通、草菅人民身家性命的核四、六輕、八輕……，再來看這齣講錢能通神、神能害命的寓言，應該更心有戚戚吧！

《專程拜訪》中的最後晚餐

中華商場的象

近來每去影圖總挑中華商場的後巷走，而每次都可以看到那名智能不足的小孩。今天去時他在看電視，回來時他站在門口讓母親抹臉。——我已決定劇中他的名字用「象」：意象也，象人也。

1985.12.10

有段時期，電影圖書館在中華路南段的「電影大樓」設了一間放映室。阿瓜經常在公車站、西門町、電影大樓之間趕場。那時鐵道還沒地下化，沿著商場貫通整條中華路。阿瓜有一回跑過商場後方與鐵道間的走廊，看到一名大約國中的少年只穿一件白上衣，下身赤裸，從店家跑出來站在走道中央，以右手腕緩慢地敲打前額。一位婦人匆匆跑出來，替他把運動褲套上。

這個近乎夢幻的情景令阿瓜印象深刻，像著了魔似的，他自此每回都要走這條後壁的長廊，去看那個不知是受到天啟、還是痴愚的少年。或許是少年緩慢的動作，也或許是那光淨肥大的生殖器，怵目驚心，阿瓜為他取名叫「象」。

每回匆匆一瞥。一天，「象」和家人在啃饅頭。一天，他又光著下身，站在桌邊。一天，他正哭著，想要拉下鐵門。又一天，他坐在地上睡著，或許是他弟弟吧，在一旁看電視。

如果中華路是一條河，去看電影的路上，西岸有店家在賣餡餅，東岸有推車老人在賣大餅，那都是阿瓜匆匆果腹的上選。也有個老人提著兩個塑膠袋，裡頭不知裝著什麼，到處兜售。那個世界既古老、又真實。而阿瓜在電影圖書館看的那些，像高達《激情》、雷奈《生死戀》、柏格曼《婚姻生活》，則既現代、又遙遠。

有一位中風的老人，經常去電影圖書館的電影。一回看完，老人央阿瓜扶他下樓坐計程車。阿瓜和另一名自願幫忙的時髦青年，先扶老人上廁所，再扶他下樓。由於門口在挖鐵路地下化工程，還得把他扶到小南門搭車。平常人一分鐘的路程，走了快一小時，阿瓜於是排戲遲到了。遲緩的老人，也讓阿瓜聯想到「象」。阿瓜自問，如果自己行動這麼艱難，還會如此熱愛電影嗎？這麼一想，不禁對老人佩服有加。

阿瓜當時在排他的導演課作業，就是柏格曼《婚姻生活》的劇場版。阿瓜憑著他國中程度的英文理解力，逞匹夫之勇把劇本譯出，劇名直譯為《婚姻場景》。劇中原本只有一對夫妻，由蕭艾和鄭國正擔綱。由於阿瓜對「象」的執迷，硬是多安排一個角色，找來剛進校門的學弟王道揚飾演。戲一開始，在菲利普・葛拉斯《攝影師》的極限音樂中，「象」站在舞台前方，舉起手臂緩慢地敲打前額，夫妻慌張地衝出來，幫他把褲子穿上。對於阿瓜而言，這個角色有時象徵婚姻關係中不可言宣的暗影，有時代表這對夫妻打掉的小孩，有時則像是上帝，悲憐地望著即將被拋棄的妻子，而夜半醒來的妻子，也與他淚眼相對。

這是阿瓜第一次察覺現實中的人物，和那些大師筆下的藝術世界，有潛在的關聯。《婚姻場景》的演出反應熱烈，許多劇場前輩都跑來看，阿瓜於是獲得了畢業製作導演全本《哈姆雷特》的機會。

不久，電影大樓的住戶投訴，會員往來佔用電梯，帶來許多困擾，放映室終於被撤掉了，阿瓜於是不再有機會去看「象」。又過了幾年，中華商場也拆除了。

婚姻場景

原作：Ingmar Bergman 英瑪·柏格曼
導演：閻鴻亞
演員：夫—鄭國正
妻—蕭艾
影—王道揚
音樂：(1) Philip Glass
· The Photographer 攝影師
· Mishima 三島
· Glass works 玻璃作品
(2) Greensleeves 綠袖子
(3) 馬森 詞／鴻鴻 曲「我是」

本劇原為柏格曼在1973年為瑞典電視台拍攝的影片，全長約五小時。1981年改編為舞台版，和柏格曼重編的「傀儡家庭」、「茱莉小姐」共同在慕尼黑演出，作為三部曲的最後一部。今晚的演出即根據此版本，抽取其中片段發展而成。

本劇英譯名為"Scenes From A Marriage"，中譯有「婚姻生活」，「婚姻實況」，「婚姻現象」等多種。在此秉照柏格曼強調的「劇場性」理念，名為「婚姻場景」。

Scenes From A Marriage

鹿港小鎮

晚上去吃蚵仔，又大又好吃，作料尤勝。又買了鳳眼糕、豬油糕回來。鹿港停車都絕不用鎖。

1985.8.20

阿瓜第一次來到鹿港，緣於剛好有個學妹阿嫣是鹿港人。阿嫣生得瘦長細緻，常露出純真的微笑，在表情往往過份誇張的戲劇系學生當中，堪稱異數。

那年暑假，阿嫣熱誠邀約阿瓜前往鹿港。或許是被當時仍風行不輟的羅大佑〈鹿港小鎮〉所催動，再加上阿瓜想找機會，邀請心儀的諾諾同遊，於是一拍即合。諾諾拉了一個朋友娃娃同行，阿瓜也廣招同學，但臨陣只剩下一個小夏。

鹿港會合後，四人全住進做佛像雕塑的阿嫣家。逛來逛去，鎮上都是老房子，九曲巷、摸乳巷、甕牆。阿瓜屢見一聯「往送高歌必戒章」，問不出所以然，他心想，「傳統」應該就是那些誰也不了解、卻仍然能一直保留下來的東西吧！

此外除了廟還是廟：關帝廟、天后宮、蘇府王爺廟……這等陣仗，多年後阿瓜才在巴里島復見。最喜歡的是龍山寺，那裡和阿瓜印象中繁複矯飾的廟宇大異其趣，拙實簡樸，在雨天幽幽散發出動人的光澤。到廟裡另一樂趣便是求籤，大家問愛情、問考試、問東問西。後來想想，那些籤沒一條準的。

但最興奮還是親近自然。去阿嬤同學家採芒果、看牛蛙，對這些城市小孩都是奇妙的經驗。阿嬤還教大家做草戒指。而她家門前就有一座樹叢可供「探險」。樹叢看來十分茂密，進去後才發現疏落有致，陽光洩入，美得像電影。走出樹叢，竟然是一片開滿布袋蓮的池塘。諾諾摘了一支，回頭一望，阿瓜立刻神魂顛倒。

去海邊時，因為有駐防，拍照不敢明目張膽。適逢退潮，沙地坦露出來，一行人下去看小螃蟹，不料越走土越軟，兩腿都深陷爛泥。每一步踩下去，就像踩進螃蟹窩，無數小爪子在腳面、腳底快速竄爬。奇怪的是女孩們都好端端站在泥中，一點都沒有驚恐之意。只有阿瓜搔癢得大叫大跳、飛奔不迭。但越跳，就踩到更多螃蟹，不由叫得更大聲，簡直是自己嚇自己，惹女孩們笑得直不起腰來。

笑累了，大家便去海灘另一端的屏東農專水產試驗所，喝水，看鱷魚，看大屁股螺旋的福壽螺。諾諾有個朋友小葉，就在裡頭工作。晚上小葉和兩名室友回訪，伴手禮是一條鯉魚、一條巨型吳郭魚，不用說都是公家資產。魚湯燒得美味極了，吃完還邀女孩們去他們宿舍玩。阿瓜感覺到一股妒意，獨自留在阿嬤家生悶氣。阿嬤的媽媽飯後又凝神刻起佛像，專注得像修行。阿瓜看著看著，心情也平靜下來。想起阿嬤說過，佛像製作過程十分繁複，她父親每一步驟都要親力親為，不肯粗製濫造、降價以求，就算因而賦閒也甘願。

鹿港行確實讓諾諾同阿瓜拉近了一點距離。阿瓜會為了一點小事就心滿意足，比如清晨被諾諾捏鼻子叫醒。但是美好時光只有兩天，第三天是七夕，他們在細雨中爬完八卦山，便在火車站分道揚鑣。當天阿瓜在報紙上讀到，美國杜邦決定在鹿港設廠生產二氧化鈦，引起強烈反彈。抗爭了一年多，計畫終於打消。這段日子裡，阿瓜每回聽到「鹿港的清晨，鹿港的黃昏，徘徊在文明裡的人們」，都會想起那些和善溫順的鹿港人，他們其實很清楚知道自己要的是什麼。反而是那些沐著愛情細雨的傻瓜，不斷跑到鹿港來徘徊。

神秘約會

該趁風行時，多買幾冊三十年代的書，
以免又像錄影帶被禁了。

1983.12.25

偷偷摸摸，是戒嚴年代接觸大陸文學與電影的慣常心態。一九八五年十月初，教阿瓜電影原理課的王小棣，通知阿瓜和一位同學到明星戲院門口會合，小棣還帶了導演曾壯祥、一位文化大學國劇組的男生，一起趕赴神秘約會。目標是同安街的一條巷內，到了才曉得是影評人焦雄屏家。那是一間塞滿了錄影帶和資料的小公寓，用一台小電視，他們看了二十七歲的陳凱歌拍的《黃土地》，講一個八路軍到民間蒐集民歌的過程，以及鄉下女孩希冀出外闖蕩的心事，影像的重點卻擺在兩次婚禮、一次祈雨、一次延安鑼鼓陣的儀式紀錄。歌曲悠揚，鏡頭凝定，讓阿瓜一下就記住了攝影張藝謀。

焦老師告誡大家出去不要亂說。接下來還有一部，放的是老導演謝晉的新作《牧馬人》。制式慷慨激昂的旁白、過多而煽情的音樂，讓阿瓜一開始很倒彈。不過進入狀況後，卻慢慢被裡頭的鄉土人情所感動，雖然還不習慣其中對資本主義的批判，卻被創作者對祖國和大地的認同所感動。

雖然畫質模糊，影像昏暗，但由於偷偷摸摸，還是到大名鼎鼎的影評人家中看私房電影，阿瓜比看寬銀幕大片還興奮。後來才發現，這些片子，誰都不知從哪兒看過。兩個多月後，教電影欣賞的黃建業老師還跟阿瓜聊起，大陸新電影人才輩出，已經不輸台灣了。他說《黃土地》就是那些美麗的儀式賦予了窮苦地方鮮活的感情；又說這電影其實是反共的——男主角代表的共產黨並未實現諾言，小姑娘最後還是失望地死去。色調的陰暗也是故意製造的悲觀效果。又說謝晉已經是老派導演中較有衝勁的一個，但《牧馬人》還是太保護政府形象了。阿瓜原本對於藝術和政治的糾葛毫無警覺，黃老師對這兩部片的評論讓他上了第一課。

後來藝術學院舞蹈系請來焦雄屏開課，應當是系主任林懷民培養「全人藝術家」的理念使然。已經大四的阿瓜興沖沖跑去選修。焦老師講課輕聲細語，一屋子的大一小毛頭很快就陣亡。上到期中，有一回全班半數以上沒交作業，老師憤而離席，到辦公室去哭。兩名助教跑來教訓學生，一面揣測什麼時機去請老師回來最恰當。阿瓜其實也沒交作業，卻在一邊幸災樂禍。

焦老師的課堂最令阿瓜費解的，是她的教材自由無礙。一時教電影、一時講約翰藍儂、一時講鄉土文學，最後一課，還拿《當代》雜誌談起六〇年代的知識份子責任。舞蹈系的學生興致缺缺，阿瓜也覺得老師未免太隨性。

多年後，阿瓜回到同一所學校任教，看著學生沈迷本科技藝、卻不問世事，發了個狠，將「當代劇場專題」一切為二，一週上「劇場」，一週上「當代」，假公濟私，放一些社會抗爭、全球議題的紀錄片，管學生喜不喜歡。阿瓜赫然發現，兜了一圈，自己怎麼在學當年的焦老師。但時代風潮不變，現在的大陸電影已經從禁忌變成大熱門，焦老師帶頭，港台製片和導演都爭相跑去大陸發展。《黃土地》的男主角王學圻以《梅蘭芳》、《十月圍城》成為獲獎無數的戲精。而陳凱歌和張藝謀，也變成垃圾大片的王牌了。

HUANG TU DI
黄土地
彩色宽银幕遮幅式故事片
广西电影制片厂摄制
fifid.com

浪蕩時光

到後來我和長灝也裸泳起來，陳傳興說這才算「成年禮」。裸泳真舒服，真正感受到「大海的律動」，尤其仰泳，像和大海做愛一般。

1986.6.21

阿瓜的大學生涯實在瘋狂，每天上課、排戲、看電影（通常不只一部）、談戀愛、交朋友，每天公車坐好幾趟，樂此不疲。這些還算不上「浪蕩」。真正「野」起來是從大四開始，幾位年輕老師回國，喜歡跟學生玩在一塊。天塌下來有老師頂著，阿瓜於是開始夜遊生活。

阿瓜的同學長灝有車，理所當然成了小團體的老大兼司機。某個月圓的週末夜，應陳傳興老師之約，長灝帶著妹妹，載了同班的北安、阿瓜，和一個學妹，一起開到謝春德家會合，那裡還有兩個年輕的攝影師，劉振祥和何曰昌。阿瓜對胖胖的何曰昌特別有印象，因為據說他瘦時便被叫做「何日昌」。

當晚人分兩車，同赴沙崙海邊。海水浴場夜間封閉，他們便到一旁的海灘，三座崗哨的探照燈照來照去。男人們二話不說，脫光衣服便下了水，把阿瓜和同學看得目瞪口呆。不料才沒多久，就有三個海防背著步槍來巡邏，猛吹哨子。強光照射下，阿瓜和同學必須輪流給海裡的攝影大師們遞浴巾，他們才能上岸。海防一眼就認出謝春德的鬍子，原來他是常客。

岸邊原有些年輕戀人也遭池魚之殃，一起被掃蕩。離開這座海灘，這群人不死心，又去到附近一個造船小廠旁，那兒是一塊陷下去的沙地。裸泳又開始了。這回除了怕水的北安，阿瓜和長灝都下了海。只是海底有大塊硬石，踩得腳痛，阿瓜還被劃破一個傷口。不過水極清澈，有人拿波羅蜜在海中分食，阿瓜覺得真是快意極了。

上了岸繼續聊天，大家沿路小便，陳傳興說巴黎地下鐵的老妓女便是如此。阿瓜最愛聽巴黎的事。阿瓜說自己的畢業製作想用戰國時代的美學導《哈姆雷特》，陳傳興便告訴他法國有個「陽光劇團」，演莎士比亞極其東方華麗，但化妝卻是義大利藝術喜劇的方式：淚珠都是用亮片貼上去的。阿瓜一愣一愣，完全在聽天方夜譚。

海邊玩不夠，一夥人又驅車直上陽明山，等溫泉開門。五點一到，花十元便可洗澡泡溫泉。之後再赴山上劉振祥的老家，吃劉爸爸剛摘的竹筍拌沙拉當早餐。在那裡，阿瓜第一次看到了郭英聲的《台灣印象》、三島由紀夫的《薔薇刑》等等令他震驚的攝影作品。

比起私下兜學生夜遊，更誇張的還有一個剛回國的表演老師馬汀尼，她會半夜把全班帶到海邊上課，上到天亮。她不愛在學校上課，寧可去蘭陵的排練場、或學生的房間。上課都這麼瘋了，玩要去哪裡？——馬汀尼常約阿瓜幾個同學去一間叫「雙線道」的啤酒屋，地下室是卡拉ＯＫ，他們可以邊唱歌跳舞、邊討論表演體系，不知這樣是太愛玩還是太上進。馬汀尼有一次騎車摔斷肋骨，第二天還是跟阿瓜一夥去喝酒唱歌，喝到爛醉。

大四那年，阿瓜喝了生平從未喝過那麼多的酒，開始白天蹺課睡覺，晚上夜遊。至今他也說不明白，是哪種方式讓他學到更多，關於什麼是藝術、什麼是生活。

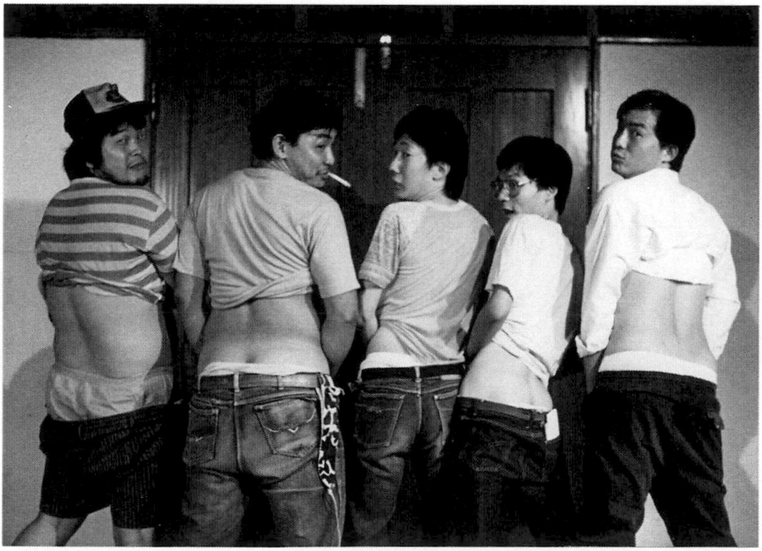

阿瓜加入恐怖份子

片尾的顧寶明宅在新北投，是林務局的員工宿舍，《我這樣過了一生》也拍過。晚上外景燈一亮，蟬以為白天到了，猛叫。

1986.8.28

升大五前的暑假，阿瓜獲得恩師賴聲川推薦，進了楊德昌《恐怖份子》導演組，一圓他的電影夢。那年夏天，台灣電影生氣蓬勃。除了《恐怖份子》，同時侯孝賢在拍《戀戀風塵》，張毅在拍《我的愛》，丁善璽同時在拍《八二三砲戰》和《國父傳》，全都是中影出品。兩部國策電影拿到最多資源，天經地義。而幾位新電影健將，張毅前一年《我這樣過了一生》在金馬和票房都大為風光，緊接著完成的《我兒漢生》還沒上片，此刻正意氣風發；前一部《青梅竹馬》票房慘澹的楊導不免有些吃味。

阿瓜的同學長灝，也是個電影狂，則被介紹到張毅的劇組，做攝影師助理。兩人常互通聲氣，看兩位瑜亮怎麼互別苗頭。張毅的資金多、底片多，配備齊全，連接攝影機的監視器可以同步錄影，反覆檢視。長灝便是負責管這台監視器。張毅拍了得意的鏡頭，每每會笑稱：「把錄影帶送去給他們看！」——楊德昌的監視器卻能看不能錄，等到看毛片發現有問題，只能一再補拍。

即使是第一次跟片，阿瓜也看得出來，中影給《恐怖份子》的製片組非常脫線。開拍多時，還有許多場景沒找齊；有些角色，快拍到了還沒選定。不是忘了發通告給演員，就是要拍的道具車沒來；要拍旅館，原看好的房間竟被租了出去，得等客人退房才能開工。明明要拍夜戲，卻把大家一早叫到現場。這樣胡搞瞎搞，導演發脾氣走人，已經是家常便飯。

阿瓜發現拍電影最常做的一件事，就是等。等燈光打好、等演員補妝、等製片把事情搞定、等導演氣消。在沒有 iPhone 的時代，打屁聊天成為打發時光的唯一娛樂。《恐怖份子》有四個助導，最資深的是趙定邦，其他三個小鬼都算實習：施明揚拍過八釐米短片，被楊導賞識延攬；念政大中文的施心慧是筆記劇場的成員；然後就是阿瓜。掛名「編導顧問」的陳國富，事實上每一場開拍前，都躲在導演車裡修對白，然後才把熱騰騰的新劇本交給演員背。陳國富當時寫了不少觀點新穎的影評，也是阿瓜的偶像。阿瓜發現只要臭彈自己對電影的看法，被所有人嘲笑，就能帶給大家歡樂，也讓自己獲益良多，的確是度過空等的好方法。

小野是原始編劇，他想為《恐怖份子》出一本書，楊導於是叫阿瓜去查年初的新聞，一個原住民少年把洗衣店老闆一家三口幹掉的事件，阿瓜才曉得，原來《恐怖份子》的靈感源自湯英伸。這個「人人都可能是恐怖份子」的概念過小野一手，為主角加上了醫院的背景。不過阿瓜隨副導小賴去已借好的陽明醫院，為拍攝作預備時，卻碰了一鼻子灰。秘書不客氣地說：「你們拍電影的，最爛！」原來《我這樣過了一生》去拍過通宵，吵得病患雞犬不寧，工人又惡形惡狀，如今這群恐怖份子怎麼保證都無法取信於人。

阿瓜於是明白，對電影的無私奉獻，是無法要求凡夫俗子的。比如片中的幾個主景，一間在副導家拍、一間在小野的姊姊家拍、一間趁賴聲川的哥哥賴聲羽出國時跑進去拍。阿瓜甚至把自己的幾百本藏書全部拿來陳設，電影一拍完，那些書就進了道具工廠，再也沒回籠。阿瓜只好花了好幾年時間，再把那些書，一本一本從書店買回來。

楊德昌為演員金士傑整裝，穿「恐怖份子」T恤的是助導施名揚

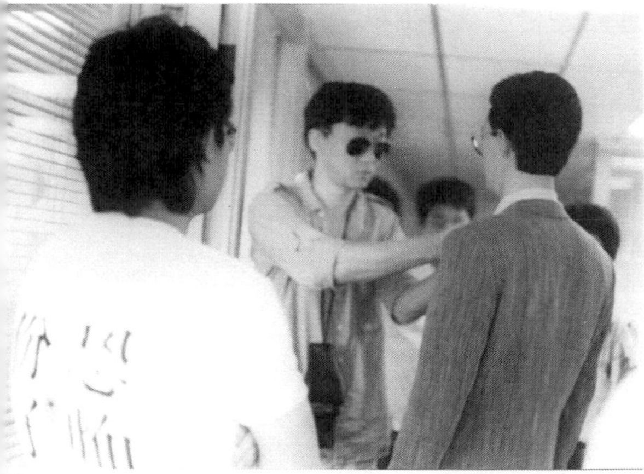

恐怖份子的腹語術

拍繆騫人與金士傑車中對手戲。拍完繆涕泗橫流之後，天卻陰了，無法拍金士傑的反應鏡頭。結果楊導認為繆的精彩演出不宜切斷，否則力量出不來，便決定捨棄金士傑。金寶戲被搶走，哀哉。

1986.8.5

《恐怖份子》是楊德昌最後一部事後配音的電影，從《牯嶺街少年殺人事件》，才開始同步收音。

因為有配音，所以才能請港星繆騫人當女主角。當時她以關錦鵬的第一部電影《女人心》深獲好評，她卻表示並不滿意那部片。

除了繆騫人，幾個主要男演員都出自劇場：李立群、金士傑、顧寶明，應是由於楊導好友賴聲川的推薦。那時他們都被李國修拉進週日黃金檔演搞笑節目「號外特攻隊」，賴以維生。金士傑的說法是：「反正死巷子大家走嘛！」

楊導對繆騫人的細膩演技讚譽有加，卻嫌棄李立群「比手劃腳」的過度表演。「一個人根本不需要去『演』，只要『存在』就盡到功效了，因為鏡頭、剪接都會共同說話。」阿瓜當時似懂非懂，只覺得導演好像對什麼都不滿——對攝影品質不滿，以致往往忍不住自己掌鏡；對老派的劇照師不滿，乾脆把他趕走，叫一旁發呆的阿瓜拍劇照。

阿瓜那三腳貓功夫哪派得上用場，頓時開始覺得「伴君如伴虎」。

製片小楊說有個法國人想買《海灘的一天》版權，不小心說溜嘴，說那人也買過《迎春閣之風波》，楊導一聽就開玩笑說：「不賣了！」阿瓜暗忖，楊導對胡金銓作品不敬的傳聞絕對屬實。看到桌上《紫色姊妹花》的廣告，楊導順手把檳榔渣放到圖中搖椅女子的頭部，說：「這部片也跟這個差不多了。」這等狂妄簡直讓阿瓜目瞪口呆。

即使出名難搞，楊導還是 case 不斷，有段時間他一直在躲許博允，因為新象要找他導張系國的《棋王》舞台劇。他嫌阿瓜崇拜的張系國「沒深度」。後來阿瓜發現，楊導眼中台灣作家沒一個及格的，唯一看得上眼的只有張愛玲，還醞釀多時，想將張的小說〈色，戒〉拍成電影《暗殺》。

為了幫繆騫人配國語，楊導試了馬汀尼和蕭艾。馬汀尼是蘭陵演員，剛從紐約返台教書，也是阿瓜的老師。蕭艾則是阿瓜的同學，休學一年，剛拍了《童年往事》。馬汀尼聲音低沈富有磁性，和繆騫人纖瘦的體型不合，結果楊導選了蕭艾。阿瓜有點懷疑是因為導演喜歡蕭艾，因為一直叫她來探班。但後來楊導又遺憾蕭艾的聲音表情太冷漠，削弱了觀眾對女主角的同情。「其實周郁芬完全不是討厭丈夫而離開，而是生命成熟思考後的苦痛抉擇。」

事後配音還有一個問題，剪輯師廖桑聽不到聲音，覺得判斷不準，總是挑出一堆重複的鏡頭，讓錄音師全部配上對白再剪。杜篤之工作量大增，雖然無奈，但也不得不勉力完成，因為他也是完美主義者。這些技術層面讓阿瓜上了好幾課。楊導跟阿瓜說，技術不難，他六個月就能傾囊相授，重要的是「敏感，對社會、經濟的認識。」

阿瓜當時完全沒聽進這個教誨。某一天他經過台大門口，發現有好幾千人聚集，警察哨聲不斷，有人站在地下道出口的屋頂大喊「台灣更民主！」書店老闆跟他說，那是林正杰組織的黨外運動。阿瓜還渾然不覺，比電影故事更大的改變，已經在台灣社會發生。

蕭艾在錄音室

每個人的電影

陳傳興看我們課堂交的電影拚命笑。之後看我們拍片，他真有虐待傾向，要我們把演員整得疲累不堪再拍，並要貼近他們使他們感覺攝影機的存在。後來我要拍他時他卻躲避不迭，說有開麥拉恐懼症！

1986.5.24

阿瓜念到大四，最崇拜的是一位在法國待了很多年的陳傳興老師。陳傳興開了一門「環境劇場」，要學生演龍發堂的精神病患，卻不是寫實的模擬，而是從洗脫表演的積習開始。他說表演是一個三角關係：演員（母）＋人物（父）＝角色（子）。還說不是去「扮演」人物，而是歷經死亡與拋棄而進入人物，且與之對抗、顛覆。

這些概念阿瓜跟同學哪聽得懂，只覺得上他的課像心理分析。例如他會拿黏土給大家自由創作。阿瓜捏起了鐵軌和田園，就被分析說是被「土」的文字意象所束縛，無法回到語言前的原始時期，所以阿瓜的表演也是包了一層又一層的外衣。不過阿瓜還算幸運的，還有同學的唯美表演被老師私下形容為「一堆爛肉」！

陳傳興剛從法國回來，與國內影評界過從甚密。不過他很快就把人得罪光了。例如焦雄屏寫了篇張照堂攝影展的評論，陳傳興批評說：「我是從裡面寫，你是從外面寫。」把她惹火了。不過真相誰也說不清。陳傳興的狂傲是著名的，他認為朱天文是

「天真幼稚型」的編劇，拍《紫色姊妹花》史匹柏則是「一個六歲的小孩，你怎麼能要求他講出十二歲的話來？」不過他也會透露創作的不安，怕自己的電影拍出來給人家笑話。

那時焦雄屏和劉森堯等影評人都拜新導演崛起之勢，拍了電視劇。陳傳興也在跟中影提案改編七等生的《沙河悲歌》，預計一九八六年底開拍。陳傳興打算放進爵士樂元素，工作人員也都想好要找老嘉華等侯導那邊的人馬，阿瓜則跟他力薦楊德昌的副導賴銘堂。阿瓜覺得這部意識流鄉土小說的電影版一定不同凡響，為了追隨他拍片，連畢業製作都想放棄。

阿瓜那時正在跟楊德昌拍《恐怖份子》，自己還沒有故事可說，於是想把金士傑的新戲《家家酒》搬上銀幕。那是一個同學會的故事，後半還發展成費里尼式的荒誕宴會。金士傑聽了阿瓜的提議，說《家家酒》其實就是用電影概念編寫的。阿瓜聞言一振，陳傳興卻對阿瓜的構想嗤之以鼻。想不到後來楊德昌說，他也有意要把《家家酒》拍成電影。不過楊導想拍的東西實在太多了，阿瓜覺得自己也許還是輪得到。

《恐怖份子》的片場還有一位沒拍過電影的影評人陳國富，阿瓜最喜歡跟他打屁，講自己構思的得意鏡頭，然後被他冷笑一番。陳國富當時想拍的電影叫《流氓世家》，講一個黑社會小弟愛上老大的女人，最後把老大幹掉的故事，聽來十分過癮。

後來這些電影沒有一部拍成。《沙河悲歌》告吹，陳傳興在二十四年後才拍出他的

第一部電影《如霧起時》，是鄭愁予的紀錄片。陳國富的第一部電影《國中女生》拍得痛苦萬分，聽他說等於是被老闆拿槍架著拍成這樣的。《家家酒》則從未出現電影版，倒是阿瓜在十四年後找《家家酒》的主角張令嫻跟趙自強，演了他的電影《人間喜劇》。同一年，張志勇把《沙河悲歌》拍成一部平鋪直敘的電影，還得了幾座金馬獎。

《人間喜劇》中的趙自強和張令嫻

無知的訪客

平珩隨中研院來採訪，對無知的訪客大加撻伐。她給我們看矮靈祭的歌詞，十分有趣，包括與矮人作戰。矮人原本隨外族人來，教會賽夏族種米。來即是客，必須招待——也許矮靈祭即代表對外人這種愛恨交織的心理。

1986.11.17

學生時代，只要有人吆喝，去哪阿瓜都會跟，於是也經歷了一些意想不到的事。最瘋狂的一次是去苗栗參加賽夏族的矮靈祭。

搭的是同學長灝的車，同行還有馬老師。阿瓜念念不忘金馬影展，在車上狂嗑零食，才覺得還是郊遊好玩。開長途最大問題是憋尿，三人於是講起各自憋尿的經驗，馬老師的最精彩。她說小時候有三次失禁的糗事，一次是在站立的隊伍後面，台上正宣講政治大道理，她不敢舉手，只好蹲下來小便，尿汁往前直流。一次是當班長，在台上念課文，憋不住了就流到講台下，第一排同學全部逃開，老師立刻宣布大掃除。第三次是在高中，回家時擠公車，被同學一擠就尿出來了。

阿瓜從沒聽過這麼私密的女性經驗，簡直像在看超現實電影。這時車在高速公路上突然爆胎，只好在雨中換輪胎。阿瓜在後方踩住警示三角，以免被風吹走，但其實快被吹走的是阿瓜。

等開到南庄，車卻卡在上山的車陣中。產業道路只能單行，前面只要一輛車拋錨，就完了。這時問題真的來了。馬老師要方便，但人來人往，實在太不方便。阿瓜於是拿了一個裝麵包的塑膠袋，讓她在車上解決。好不容易克服緊張尿了出來，袋子卻是破的，漏到座椅上，好不狼狽，還要掩護她在車上換褲子。阿瓜開始比較能理解女性的困境。

眼看開不上山，只好倒車下去，吃喝一頓，準備走兩個半小時上山。小吃店的電視裡，李麗芬在唱童大龍作詞的〈城市英雄〉。大家都想起了原要一起來卻臨時找不到人的童大龍。

山爬到一半，車陣動了，他們於是招了一輛轎車，那人的家人不耐煩等候，已先走路上山。可能阿瓜一行人太愛打屁，上車才一分鐘，司機便分神把輪胎開出路外。大家只好下去抬車。

這麼瞎打誤撞地，終於開到山上時，阿瓜覺得真不可置信，忍不住跟馬老師要了生平第一根煙來抽。只見廣場四周是燈火通明的攤販，外圍是帳篷，再外圍則是黑暗中的山稜。十二點一過，大家就開始圍起來跳舞。傳統服飾的婦女，腰繫一排鐵管，和屁股撞出節奏。每一姓還有一支飾著紙條、鈴鐺、圓鏡的大旗，穿梭引導隊形變換。然而或許是由於外來客太多，動向混亂，隊伍一直鬆脫，阿瓜的雙臂幾乎被扯斷。

在漏雨的帳篷中睡醒，即使不想污染原住民的土地，阿瓜和長灝仍得去竹林裡大便。邊大得邊往前走，以免沾到屁股。看小便沖走螞蟻（還用手控制方向）、鳥兒自旁掠過，下方是煙嵐瀰漫的山谷和小湖，阿瓜一邊大一邊領悟到，陶淵明的田園生活，應該就是這種味道吧！

跑到警察服務處旁的攤位要吃飯，老闆說今天不做生意，只招待第一位到來的客人。阿瓜才被這種瀟灑的生活態度所感動，就發現火鍋裡放的除了土虱、茼蒿菜，還有狗肉！

在另一個攤位，阿瓜遇見一位頭飾、裝扮十分美麗的賽夏女孩。她說賽夏語沒有「喜歡」或「愛」，要嘛就說「我要你」。語言原來如此反映著生活態度，這是人類學的最佳一課。然而阿瓜支支吾吾學了半天，仍沒有勇氣說出「我要你」。

兩個不安的夜晚

長灝抽了什麼，害了，直跳抖。他插進來逗C笑。我頗不同意。她好不容易有個發洩機會，何必又回到平常的快樂外表上去？

1986.12.24

一九八六。金馬影展。西門町統帥戲院。溫德斯《歧路》。孤寂的公路之旅。在電影裡談論詩與政治。居然可以。銀幕上是人際的巧妙遇合。銀幕下，隔著走道，一邊是詩人H和阿瓜的馬老師，一邊是演員J和女孩C。電影一完演員J拉著女孩匆匆離開，沒有讓H看見。

阿瓜卻看得分明。他崇拜著像個小女孩的H。誰不崇拜。H的詩集一出就名動天下。H和演員J是一對。H為J寫的詩登在詩刊上。而女孩C呢。C也是演員，還不滿二十。眼睛開開像外星人，人見人愛。

阿瓜繼續看《愛麗絲漫遊城市》。看著裡頭的小女孩：她的憂煩、她的睏倦。他想到C。又想到H。看完後馬老師要去H家。阿瓜和同學長灝也跟著湊趣。伏特加、果汁、蘇打水。外雙溪山腳橋旁的木屋。後方溪水喧嘩。屋中有一棵樹破頂而出，像華格納《女武神》。還掛了吊床。H的室友是畫家阿平，一笑露出大大牙齒的爽朗女人，像從高更的畫裡走出。她的畫有一些奔跑的、漂浮的裸女，卻比較接近夏卡爾或盧梭，寧靜中有種潛藏的野性。三個女人放了音樂就開始跳。阿瓜和L幫她們打燈、打節拍。

H同阿瓜談詩談劇場，還一塊跳舞。阿瓜興奮極了。後來她去打了一通電話，哭著回來。阿瓜慌忙遞手帕。然後演員J來了。衣著整齊、笑容可掬。說是從被窩給挖起來的。H開心起來。划酒拳。J贏了所有人。阿平醉倒了。其他人就告辭，讓J留下。

阿瓜把那天晚上寫成一首詩。H看了很喜歡，還貼在床頭。但阿瓜卻跟女孩C熟起來。C說她知道跟J在一起不可能，但不由自主。阿瓜找C來聽課，約一起看電影。他也分不清是真喜歡C，還是在幫H調虎離山，盡一個粉絲的義務。

木屋之夜過後一個多月，又一個跳舞的夜晚。耶誕爬梯，在J的劇團地下室。但J不在，顯然是跟H共度。C借酒裝瘋，無所忌憚，一直貼著阿瓜要跳舞。阿瓜只能拖她去洗臉。不然在眾人面前太尷尬。C卻大哭起來，和盤托出：她幼時父母離異，父親另娶並生了兩個女兒。母親帶妹妹同住。C在奶奶家沒人管也沒人愛。她唸完商職，畢業旅行去過澄清湖，除此沒到過任何地方。J成了她的父親她的親人她的情人，還教她讀《棋王》和《麥田捕手》。

很多人想進一步了解C，但她防衛心超強，此刻卻緊抱著阿瓜。阿瓜又感動又為難。C眼睛哭腫了，不敢回家。阿瓜只能帶她回長灝家。C睡床，阿瓜和同學睡地板。阿瓜睡睡就醒了，發現C也望著他。兩人握手、輕吻。一切無限美好。阿瓜說過，以後若拍不成電影，就去賣牛肉麵。此刻便問她會不會做牛肉麵。C說：「跟你學就好了！」

這麼甜蜜的話語，任何人一生也難得聽過幾回。半年之後阿瓜入伍當兵，與C的情緣也無疾而終。往後多年，他們成了少聯絡的朋友。只是C每次喝醉酒，還是會打電話問阿瓜到底愛的是誰。至於H和J，沒多久也正式分手了。倒是阿平，她的畫成了阿瓜第一本詩集的封面和插圖。阿瓜不再覺得那些畫像誰誰誰，她畫的根本就是那些騷亂的夜晚、那些不安的心。

阿平的畫在詩集中

消失的冬天

然後又去基隆路旁，找到《恐怖份子》看景時的國民住宅，到屋頂拍天線群，第一次有了個很棒的 Pan，也有了NG、Take 2！真像拍電影了。

1987.2.18

大學的最後一年，阿瓜首次真的拍起電影來。不到一個月前，《人間副刊》才登過黃建業等五十人連署的〈台灣電影宣言〉。阿瓜一心以為，一個新的時代正等著迎接他來臨呢。

阿瓜的電影是王小棣「電影原理」的課堂作業。話說阿瓜對任何事物的「原理」都不甚了了，上「戲劇原理」只會打瞌睡、寫歪詩。幸而「電影原理」除了猛抄筆記，K安海姆的視覺心理學之外，還有分組實做。

在DV時代來臨之前，拍短片只能用八釐米。阿瓜跟唸台大的前女友借了一台富士攝影機，雖然畫面不能推進拉遠，但有自動測光，還可以直接做淡出淡入效果。阿瓜寫了一個《冬天記事》的分鏡腳本，前半是國歌，後面接上舒伯特的《冬之旅》。情調從嘲諷轉到挹鬱，內容是台北街景。

第一次拍電影，阿瓜在發抖，掌機的 Duke 也緊張得要死。一組人騎了兩輛車滿街跑，一邊狂吼唱歌。從中正紀念堂拍到國父紀念館。為了拍到綠色的水泥車進入紅色和黃色的工地，他們等在基隆路上，拍了好幾回。到中華路拍鐵路地下化開挖，到天橋拍乞食的老人，到蘆洲拍檳榔攤和色情海報。阿瓜興奮得中飯都吃不下，只喝湯。

蘆洲一所老厝外頭，擺了幾座國父、總統塑像，阿瓜也跑去拍。原來這家是專門製作偉人像的。年輕的李姓主人聽說他們是戲劇系，逮住機會大談做戲應該要宣揚道德觀念才是。他說跟陳介人（那時還不叫陳界仁）是復興同學，對於陳當時搞的前衛劇團「奶・精・儀式」用滿街爬的方式表演，很不以為然。「有膽像苦行僧一樣，從蘆洲爬到花蓮，那才是『奶精儀式』咧！」

為了拍「中華民國萬歲」標語，他們跑了三趟建國啤酒廠，一趟天陰，看不出屋頂冒煙；隔日再去，又不冒煙了；最後一趟才拍到濃煙滾滾。不料台北的另外一頭，卻冒起更濃的煙雲，原來是大同公司起火。他們連忙跑去現場，搶了不少鏡頭，結果發現另一組同學也在當狗仔。還去總統府拍軍車，被趕走，沒拍成。只好到書店裡去，把一本《中國神功》放到《三民主義》的參考書旁邊，一道拍下來。最後用夜景底片拍辛亥隧道，自認功德圓滿，大夥還一起吃牛排慶祝。

等待沖片的那個禮拜，阿瓜重新整理了場記表，在想像中剪輯，過癮得要命。影片印出來，放在剪接機上一看，差點沒吐血。傻瓜機器讓阿瓜作了傻瓜。多數都曝光過度成為白片，滿懷理想頓時化作秋水。阿瓜學到了寶貴的一課——機器一定要先測試。

然而交作業限期已至，來不及重拍。大火也拍不到了。阿瓜的國歌影片只能留在想像裡。時隔二十多年，阿瓜已拍了好幾部電影，收穫了聲譽和債務。時代的確改變了，然而〈台灣電影宣言〉所指控的，具有影響力的媒體只知報導影歌星動態的局面，反而變本加厲。那些過度曝光的影像，簡直明示了一個夢魘的開始。

毒舌派的誕生

去阿妙處，他們正排到尾聲。馬汀尼和金寶真是好演員，發掘角色內在層次，有效而豐潤，我看著無說服力的劇本變成如此，都覺目瞪口呆。

1987.5.31

大學畢業前，阿瓜被一個法國回來的女導演阿妙找去寫劇本。阿妙暫住在朋友開的「外一章」練舞室，想以盲人為題材做一齣戲，預計她出大綱、他寫對白。但阿妙看來憂鬱沮喪，又擔心記憶力衰退、身染絕症。劇本還沒寫，阿瓜就被阿妙的混亂生活籠罩，只能勸她戒酒、搬家，看能不能改善心情。

阿妙之前導的戲，雖然偶見巧思，卻劇本零散、節奏拖沓，阿瓜其實並不欣賞，在日記裡評為「有趣的爛戲」。接這份工作，一方面是好奇，一方面是題材也有挑戰性。阿瓜還走訪新莊的盲人重建院，與一些開朗的盲人聊天，改變了阿瓜原本對故事悲情的想法。

阿瓜天天跑去找阿妙工作，阿妙出去談事情時（例如朱延平要找她去演《大頭兵續集》），阿瓜便在她住處寫劇本、睡覺、接電話。那兒不時還有人來借場地排練青澀的實驗劇。阿妙回來時便帶他去一家叫「談話頭」的餐廳吃飯，老闆向子榮會做菜、人又海派，許多文化人都常在店內留連。阿瓜發現阿妙也跟他一樣，像個邊緣人，偷窺大家聊八卦、開黃腔。年輕的阿瓜憤世嫉俗，看不慣文化圈習性，立志以後一定要遠離台北、遠離劇場。

阿妙曾待過紐約巴黎，十分自傲。她嫌台灣劇場難看，說美國人也沒有戲劇，做戲只是在問「Why not?」不像歐洲人會問「Why?」阿瓜聽得一愣一愣。她還批評當時在傳授《尊重表演藝術》的老師們，壓根沒資格談「方法演技」，因為只有她跟作者鄔塔・哈根上過課，得到真傳。她又嫌台灣人跳舞「俗氣」，炫耀自己去過一趟柏林，舞藝大進，因為「全世界只有柏林人會跳舞」！阿瓜聽得超不服氣。

但是阿妙自己也被人打槍。她問汪其楣老師對劇本的意見，不料汪老師嚴重抗議，指出這齣戲應該找盲人來演，不然就是在剝削他們。阿妙不知所措，最後還是找了沒上過鄔塔・哈根課的馬汀尼與金士傑來排戲。

當阿妙小跟班的短暫時光，阿瓜也跟著拿貴賓券看了幾次白戲，包括新象製作的號稱台灣第一齣歌舞劇《棋王》，找來美國導演改編張系國的小說。結果編導乏力、舞台單調、歌舞鬆垮混亂。阿瓜在日記中直斥為「一場大騙局！結束時張系國還被拉上台共舞，他真可憐。」

隔沒幾天，婦女雜誌來電邀約阿妙寫《棋王》劇評。阿妙根本戲沒看完就中途離場，阿瓜順手接下寫評任務。阿瓜的毒舌其實跟阿妙有拚，但從沒機會公諸於世。最多只不過，曾經寫信給香吉士公司抱怨，他們新出品的櫻桃果汁真是可怕至極的毒藥。《棋王》成為阿瓜第一篇公開發表的劇評。編輯發現文章太辛辣，要求阿瓜用本名發表。阿瓜硬著頭皮承擔了。想不到登出來的文章不但遭到腰斬，語氣也被柔化。阿瓜的手寫稿並未留底，這下連原貌也不可復得。阿瓜一怒，以後下筆更言無不盡，得罪師友無數。連他幫阿妙編劇的盲人劇演出後，也照樣振筆直書。然而阿瓜發現罵人還可以賺稿費，也就利欲薰心，管不了那麼多了。

歌舞劇《棋王》

解嚴前夕的環島旅行

唉，旅行回來，應是我最清醒的時刻，擁有純正的理想。倘若以後再拍起電影、搞起戲劇，那是我矇蔽了理智與心靈，屈服於墮落的慾望了。

1987.7.12

由於全班的時間很難配合，阿瓜和三個同學，決定自己展開畢業旅行。他們還幫馬老師找書，出完招生面試的考題，以便她能夠一道去玩。

那是阿瓜第一次環島旅行。從花蓮開始，全程十三天，一路找親友家借宿。一幫人行程滿檔，太魯閣健行、秀姑巒泛舟、海邊撿石頭等觀光行徑，一律沒錯過。然而大夥也時常在昏睡中，上車睡，下車也睡，經常睡到下午才起床。阿瓜原本想沿路畫些素描，睡著睡著也就懶得畫了。半夜睡不著時，有人打麻將，阿瓜便讀隨身攜帶的小魚文集。讀完了，便和同學一塊亂看錄影帶、讀科幻小說，偏偏不曉得為什麼，住到哪裡都可以發現幾本倪匡。大家讀得廢寢忘食，還去租書店租回來看。

就在旅途當中，阿瓜深深愛上了花蓮的山。愛上那些形狀清晰的雲，呆蠢地停在半山。花蓮房價便宜，五、六十萬就有一棟，阿瓜當即決定以後要擇此良木，在本地的《更生日報》找份工作，或是中學教職。

在台東，阿瓜發現山原始、雲霸氣，和花蓮的小家碧玉大不同。花東海岸，沿路長僅數米的小橋都有名字，像是頑童或詩人取的，如「黑髮橋」、「藥子橋」、「渚橋」「幸橋」，最長的叫「加路蘭橋」。阿瓜忍不住讚嘆：「人就是該活在這種地方！」

墾丁他們住進畜產試驗所，卻跑到豪華的凱撒酒店，混充房客享用游泳池。導遊還帶他們循小路潛入國家公園，省了門票。那時墾丁已經開始出現愚蠢的人造遊樂區。但阿瓜還是驚喜地發現有如生長在梵谷筆下的熱帶植物，還學了不少名目。如相思樹竟是含羞草科、懶人樹（欖仁樹）是使君子科，而仙人掌又名「銀葉板根」！光這些文字就把文藝青年阿瓜征服了。看風吹砂，阿瓜還覺得「無奇，砂吹過路面而已」。沒想到二十多年後，因為開發過度，連這平平無奇的自然景觀也消失了。

到了高雄，重工業工廠林立，空氣劣極，阿瓜一行人片刻不敢多留，趕快逃往台南。一路走，旅伴一路留下或先行北返，到阿里山時只剩兩個人。阿瓜原覺得提不起勁，一到林務局招待所入住，就遇到下冰雹，立時振奮起來。及至看到無數粗壯奇特的樹根、綠得出奇的姊妹潭水，阿瓜已心悅誠服，大呼不虛此行。他立刻探訪了山上的香林國中，紀事牌上刻道：「學生多為曹族子弟」。阿瓜又把這裡視為未來任教的理想。

七月十日到了南投竹山，在那裡看到電視，說戒嚴令解除了。阿瓜沒什麼感覺，只聽說海、山管制區都將縮減，心想可玩的地方又多了，說不定以後進達邦就不用入山證了。第二天來到溪頭，忽聞空中傳來砲彈爆炸的巨響，餘音持續如悶雷，阿瓜才開始疑心，是不是打仗了呢。

回到台北，阿瓜和家人談起想放棄劇場，去教中學，媽媽大吃一驚。瓜哥卻說，他在師範讀了一年教育學程，還沒被分發呢。阿瓜才發現，隱居沒那麼容易。再加上回來就碰上環墟劇場和河左岸劇團都在演出，阿瓜一天連趕兩個後現代表演，覺得又開始受到劇場的誘惑，一時當不成陶淵明了。

旅行中的師生：阿瓜、Duke、馬汀尼、北安，阿瓜T恤上是自己寫的「楊美聲報告」

生活在他方

Julia繼續給我們講法國的地方特產食品，講得大家饑火中燒。我更想乾脆去法國學烹飪算了。

1987.9.3

年輕的阿瓜最喜愛的一本詩集，是余光中翻譯的《土耳其現代詩選》。雖然伊斯坦堡在何方，他一點具體概念也沒有，長詩〈伊斯坦堡之歌〉卻一讀再讀，對詩中描寫的，半魚半鳥的海鷗、多斑的葡萄、藍眼老漁夫，著迷不已。詩中提到的安納托利亞貧民，阿瓜只覺得音節美麗；乞討的吉普賽女人，則讚嘆她夢中「孩子們在床邊咬我腳趾」的畫面驚人。最後一句「我們的城市用巨乳餵養著侏儒」的比喻，阿瓜激賞其意象突梯，卻沒想到這是對市民的批評與哀嘆。

對於阿瓜來說，生活在他方，而不在熟極而流的瑣碎日常。詩的音律之美更容易催

1984年出版的《土耳其現代詩選》

眠阿瓜進到一個不同的世界，不管這想像世界是戰火中的古代，還是大雪紛飛的遠星。那時他也特別著迷羅智成，最美的孤獨莫過於「背著畫架，到阿爾及利亞當傭兵」；而每一天都是「世界末日的次日清晨」。至於阿爾及利亞為什麼會有傭兵，詩人不提，他也覺得根本不重要。

另一位阿瓜心中的抒情教主是楊澤。阿瓜認為他詩中的「畢加島」名字好聽極了，壓根沒想過那個擁有「殖民地暴政的記憶」的島嶼，可能就是指台灣。

年輕的阿瓜不是沒有接觸現實，只是他視而不見，只看見自己想看的東西。楊澤詩裡說的：「我在一九七七年的春天在地下鐵的小站看到空中花園的花季 poster 時大多數人已然去過而且回來了。」對阿瓜來說，最

羅智成詩集《傾斜之書》

觸手可及的空中花園，就是法國，因為有不少人去過而且回來了。

有一次在老樹咖啡，影評人齊隆壬對阿瓜說：「人生最黃金的十年在法國度過，我沒有遺憾。」阿瓜牢牢記住，終於在大五開始密集學法語。在法語中心遇到兩位老師，一位是台灣的 Julia，一位是法國人 Paul。Paul參與過侯麥《綠光》的字幕翻譯，熱愛電影（後來阿瓜發現沒有法國人不熱愛電影），第一天就教大家講髒話。有這樣的老師，阿瓜法語學得飛快。

另一位推波助瀾的是陳傳興，他直呼巴黎為「天堂」。要阿瓜去的前四年別打工，好好讀書，學會怎麼穿衣、怎麼喝酒，多看展覽、電影、表演，最好還交個法國女友……總之要學會怎麼生活。井中的阿瓜更

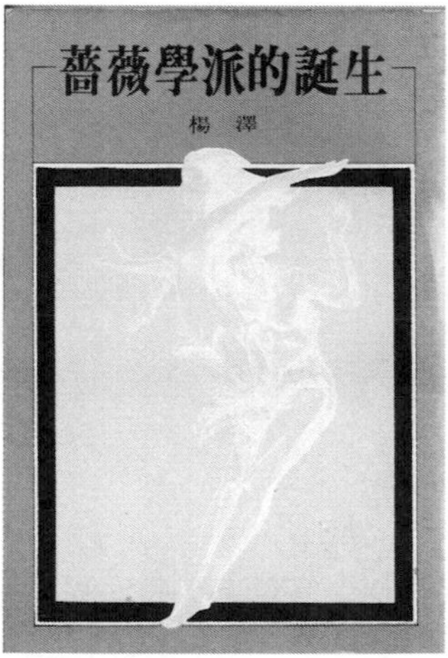

楊澤詩集《薔薇學派的誕生》

自行認定，在台灣的生活，都不是生活。

異國情調之盛行，連導演侯孝賢也捲入。拍完樸素懷舊的《戀戀風塵》，他轉用玉女歌手楊林主演，主打以埃及為背景的日本少女漫畫《尼羅河女兒》。只是這張異國牌和電影中的台灣都會情境出入太大，賣座很不理想。阿瓜坐在戲院裡，聽到後座一名少女抱怨，說這是她生平第二次看到這麼難看的電影，第一次是《恐怖份子》，「拍了半天都看不懂！」而這部「吃飯也這麼好拍！」阿瓜心想也怪不得她，因為大家都想來看「他方」，結果看到的還是無助的自己，當然會幹譙啦！

一直到去完巴黎回來，阿瓜才發現，這個他出生成長的台灣，竟像個陌生的異國。和異國的不同之處在於，這是一個你可以用自己的力量去參與、去改變的地方。時隔三十年，楊澤〈空中花園〉中虛擬的地下鐵已經成真，花季海報現在貼滿台北，詩中的句子「以後我迅速的發覺在我居住的城市委實祇有兩種人：一種是去過空中花園的，一種沒有去過」，竟也成為花博時代的寫實文學了。

青春殘酷劇場

立華說陳傳興要去香港中文大學教書了。唉。這令我想起五四，有人說陳獨秀的才能好得多，但卻是胡適搞成了革命。黃鐘毀棄，瓦釜雷鳴。

1987.8.6

八〇年代，許多藝術思潮像解嚴一般，一股腦湧進台灣。後現代主義、政治劇場、貧窮劇場、舞蹈劇場……，不分皂白地被求知若渴的劇場人拿來就用。其中最熱門的是環境劇場，那年頭每個留洋回來的老師都捲起袖子要大幹一番。

最早在戲劇系開設「環境劇場」課程的是陳傳興。他以《馬哈／薩德》為藍本，自己寫了一個龍發堂的劇本，在蘆洲找了一間廢棄的三合院，作為上課地點。阿瓜和同學們從清理環境開始，跟爬來爬去的粗腳蜘蛛奮戰。陳傳興還跑到輔大，以老學長身份借來一批彩色電視當多媒體道具。結果一插電就爆了一台，簡直太刺激了。

這門課由於新鮮，相當熱門，美術系和舞蹈系的學生都加入陣容，還有蘭陵劇坊的學員跑來插花。劇本意象奇詭，阿瓜還得趴在電視上跟影像做愛。但是戲劇系課業繁重，越近期末，學生對於離校的勞動，越提不起勁。老師又在跟學生戀愛，經常遲到，或是因分手心情低落，跑去南部散心。雖然環境已經整理好，道具都已齊備，但排練進度嚴重落後，演出終於告吹。宣佈結束那天，剛好是冬至，一群喪氣的同學決定到九如吃湯圓，慰勞自己。但位子等了很久，好不容易坐下，餐點上得又慢，到臨走有人點的還沒來。不快的陰雲越積越重，久久不散。

雖然半途而廢，阿瓜還是覺得，比起他在外雙溪草地參與過的表演課呈現《哈姆雷特機器》，龍發堂劇本毫不遜色。但是陳傳興的噩運不斷。他指導的高徒侯俊明，在美術系畢展時，作品因太過露骨被校方撤下。陳傳興跟教務長姚一葦老師力爭不果，據說曾氣得想去香港教書。

半年多後，在三芝海邊，阿瓜和同學們跑去看由鍾明德和馬汀尼帶領的「環境劇場研習營」。周遭插滿了寫著「環境劇場」、「殘酷劇場」的旗子。只見一群像是苦行僧的白衣隊伍繞場而行，舉著模仿美國「麵包傀儡劇場」的大傀儡和十字架，有人被牽，有人揮旗召魂，有人在地上哭號，時而狂叫、時而集體慢動作，顯得十分造作，動作也軟趴趴。作態之處，較傳統的角色扮演有過之而無不及。阿瓜的學妹在其中展開長段的蒼白自語，嘔吐她對學校的不滿、在外打工的辛酸，讓阿瓜覺得「令人發毛的肉麻」。眾人齊誦「三民主義統一中國」來反獨裁，但單調枯燥的形式，和國慶遊行沒有兩樣，不過換了招牌而已。只有最後焚燒傀儡、並在火上舞旗，才令人興奮起來。

好多藝文人士來觀賞這第一次打著環境劇場招牌公演的盛事。但正如一位阿瓜崇拜的詩人所說，演出實在是「說不出的尷尬」。阿瓜不解，難道這就是環境劇場？殘酷劇場到底是對自己殘酷、還是對觀眾殘酷？

多年之後，官辦的環境劇場活動遍地開花。阿瓜無意間讀到宗師謝喜納的論述，發現他把百貨公司的人偶互動表演也視為環境劇場，才恍然大悟，沒有一種藝術可以用形式論高下。八〇年代的青春與熱血，開拓出的不是什麼藝術美學，而是一群年輕人以暴易暴，以撕裂自己來表達青春苦悶的一種出口，跟六〇年代的現代詩、七〇年代的實驗電影，沒什麼兩樣。至於被寫進歷史後，變成了什麼樣子，那完全是另一回事了。

美國麵包傀儡劇場2010在溪洲部落的演出

黑衣女郎

想和心愛的人在一起，聽音樂，遠方的狗走過，看了我們一眼，叫一聲，再走掉，那真是十全十美了。

1987.5.29

八〇年代，幾乎人人都和劇場沾過邊。阿瓜在某個小劇場演出中見到黑衣女郎，也不算奇怪。她永遠一襲黑衣，打扮入時，顯眼的耳環手飾，雖年輕卻散發成熟的魅力，是阿瓜不敢夢想的那種城市女郎，或許就是這種距離感迷住了阿瓜。她在當時不算特別活躍，不過也組織過劇展，演過好些戲，有時也當導演。

他們經常在劇場相遇，黑衣女郎會帶阿瓜到停車場頂樓吸大麻，到門卡迪咖啡廳吃飯，談她的情感困境。她在跟一個導演K談戀愛，但之前她是K的好友H導演的情人。H已婚，跟她在一起的時間不長。但她一開始接觸這群人，就不是朋友的身份，而是情婦，這讓她和K都很痛苦。

當時阿瓜剛巧和K一起工作。黑衣女郎看阿瓜拍的照片時，發現K和一位女星的親密合照，立即把照片抽起，跑去興師問罪。但就算這樣也離不開K。其實她自己也桃花不斷，除了阿瓜在明裡暗裡追求，有個朋友曾追她到新加坡去，苦苦糾纏，鬧得不歡而散。她還計畫嫁到香港，好遠遠脫離K，最後也無疾而終。或許是招惹過太多男人，黑衣女郎的女性人緣不佳，阿瓜提到她時，常遭朋友冷眼。

一晚看她排戲後，吃完宵夜，阿瓜已沒車回蘆洲。適逢K出國參加影展，黑衣女郎便把阿瓜帶到K的東區住處。全白裝設，線條冷硬幾何，還是K的前女友設計的。阿瓜置身其中，覺得這條食物鏈真是奇妙極了。黑衣女郎睡K的小床，阿瓜睡沙發。阿瓜睡不著，試圖喚醒黑衣女郎，但她不讓阿瓜上床。她的麻煩已夠多了，不缺這麼一個小毛頭。阿瓜只好回去看K收藏的錄影帶——高達的《偵探》，被翻作《暗夜黃玫瑰》。夢想美好愛情卻一直碰壁的阿瓜，感覺有如《花花公子》形容畢業生的：像站在玻璃窗上的蒼蠅，前途一片光明，卻無路可走。

黑衣女郎比阿瓜大幾歲。談不成戀愛，倒是經常談心。明明她要上班，阿瓜要上課，不知兩人哪來這麼多時間東跑西跑，看戲看電影坐西餐廳。有一回吃完大餐才發現，兩人的錢湊在一起都不夠付帳，因為她錢包掉在K家裡。又有一回，兩人坐錯公車，莫名其妙到了雙園，乾脆走上河堤，看火車和對岸的大同水上樂園。女郎講了不少往事，說她二十幾歲時逃婚，獨自開車到南部遊蕩，寫了一整本的詩。又透露她父親曾任副刊主編，她卻從小愛看漫畫，小學時還會做娃娃衣服賣給同學。談來恍如隔世。

後來她去了美國幾年，當酒吧女侍，過另一種人生。回來後以她豐富的情感經驗，寫了幾本言情小說，不過換了筆名，誰也認不出來。她搬到淡水，在屋裡種起大麻。阿瓜有一陣子婚姻不順心，便常去找她。這麼多年後，她才終於接受阿瓜。然而這段感情並不持久，或許是黑衣女郎的神秘感已經消失了。她毫不戀棧，又換了筆名，成為熱心的流浪貓媽媽，並回到劇場演戲，彷彿開始了又一度人生。在某個冬至之夜，她被機車撞倒，沒有再醒來。阿瓜最後留下的記憶，是她送的街貓月曆。阿瓜總覺得，她一定會變成一隻黑貓，回到有河book，靜靜地趴在角落。這應該是她的另一生了。

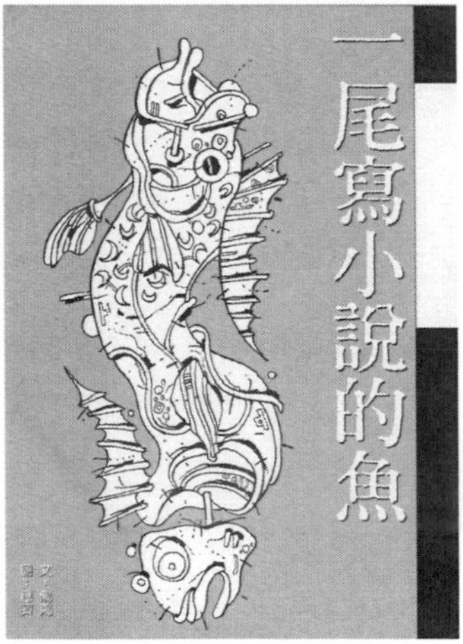

阿瓜曾將黑衣女郎寫入一篇小說並作為書名

我有多窮

陳萬福明早要去幫他們大隊長買車票，想向我借二百元去高雄玩，可憐我全身只有六塊，如何出借？

1987.12.31

阿瓜是窮鬼。不是因為家裡少給他零用錢，而是一擲千金在看戲看電影買書買錄音帶，不窮也難。畢業製作導戲時，阿瓜經費不夠，有高人指點他去跟企業募款。一位學妹介紹他去找登琨豔，這位赫赫有名的建築師曾經參與過天祥和溪頭活動中心、聯合報「南園」的設計，剛開了一家「舊情綿綿」咖啡廳。

阿瓜在一個雨天來到中山北路的舊情綿綿。瘦得見骨的登琨豔，年近四十，戴一副眼鏡。阿瓜開門見山表明來募款，他也開門見山表明最近口袋空空，因為拆房子花了很多錢。阿瓜才曉得

「舊情綿綿」咖啡館

原來建築師不只蓋房子，也得拆房子。為免尷尬，兩人只好開始聊天。登琨豔說他跟金士傑是屏東農專同學，在漢寶德事務所做了十二年後，突然轉行做生意，想拍電影，看來也是個浪漫派。

阿瓜發現只要有夢想的人，大家都窮。畢業後等當兵的日子，阿瓜一度窮到想去把父親給的金錶當掉，希望能換個五、六千元。他跑去中華商場去找收購舊錶的，一家都找不著。到電話亭查電話簿，發現有家當鋪就在西門圓環旁，看來完全像電視裡的布景——門口的對開布簾上大大一個「當」字，裡頭櫃臺高聳，只露出一個小洞，客人個子矮點可能就構不到了。裡面一個老頭正在吃柳丁，他把阿瓜的錶翻來看去，說是鍍金的，不肯收。阿瓜又發現附近有一家公營當鋪，大喜過望，再度懷著罪惡感及好奇心進入，只見幾個中年男女圍著小辦公桌而坐，一致抬頭看阿瓜。一名穿制服的人看了半天，喊價一百五，阿瓜才決定不當了。

阿瓜服兵役後，更窮。那一年耶誕夜，他從高雄休假北返。當時未開放長途巴士民營，私載的全叫野雞車，查得嚴時還常繞一大段才敢開上高速公路。阿瓜買完野雞車車票，打公用電話到女友工作的廣告公司報訊，好不容易接通，卻一等等掉數十塊錢，一打完阿瓜全身只剩三塊錢。女友說要去老闆家晚宴，留錢給公司樓下警衛，叫他到台北後去拿。

阿瓜到台北時已經天黑，用僅餘的一格車票坐到女友公司，拿了一個信封，裡面裝了二百五十元，可以讓他坐車去民生社區和女友會合。但他必須先買到車票，因為公車不找零。他繞來繞去，票亭全關了，也一家文具店都沒有。走了老長的路到國際學舍，想去書展買本書找錢，那兒卻換成了服裝展。幸而門口的票亭有開。阿瓜買了車票，發現去民生社區必須在救國團轉車。到了那邊，又發現唯一可轉的公車，最後一班是晚上七點，早就過了。又累又餓的阿瓜，大罵「這是什麼城市！」，卻也只好坐計程車。下了車，阿瓜才想起該買個耶誕禮物，但全身只剩五十多塊（還是女友的錢！）最後只能寒酸地買個小皮球。

假期結束前，阿瓜看到《散彈露露》的電影原聲帶，想起女友說喜歡。不料一買下手，全身除車費只剩六塊，連中飯都吃不成，只能等著回部隊吃大鍋飯。

阿瓜在軍中靠投稿賺錢。在沒有電腦的時代，手寫稿必須影印留底，有時影印費還得跟隊友借。

二十年後，阿瓜為了拍電影，欠下一屁股債，變成真正的窮鬼。登琨豔沒有拍成電影，倒成了上海的名建築師，十分風光。為什麼至今還有那麼多人想靠電影賺錢，阿瓜始終想不明白。

阿瓜新兵日記

返鄉遊覽車遭到壟斷，硬要收七百元。別家的車開不進官田來。軍中訓練標榜正義，但面對眼前的不義昭然，卻絲毫奈何不得。

1987.10.15

阿瓜年少時非常愛國，曾經寫過一首《從軍詞》投給《中央日報副刊》，是他最早發表的幾首詩之一。他嚮往當兵。等到大學畢業，真的開始服兵役，那又是另一回事了。

起初在台南受訓，感覺還像成功嶺，是體能訓練營。每每以為半夜醒來，卻其實已到清晨起床時刻。從那時起，阿瓜的畢生最大志願，就是可以每天睡到自然醒。

開訓第一天，全班就奉命去清化糞池。先拆開水管，沒問題，只好敲破水泥，把糞舀出，再清理堵塞的垃圾——真是什麼都有，衣服、罐子……不知怎麼塞進去的。一開始覺得這差事是被惡整，後來發現簡直是福利：獲准可以先洗澡再吃飯，還有時間偷閒上福利社。

軍中許多事不可思議。第一次寫作文，題目是以家書形式發表對解嚴的看法——主旨不外是雖然解嚴了，仍要保持思想純正，嚴防台獨滲透，對國家效忠。寫完後，竟要所有人拿信紙抄寫一遍，寄回家中。阿瓜覺得真的是太誇張了。他們還被告誡，「×進黨」已經滲透進軍中三十萬，要大家提高警覺。

新訓一個月，所有人的心全懸在最後的抽籤分發上頭。阿瓜之前已幫《長鏡頭》電影雜誌寫評，軍中收到主編林文琪來信，說《戀戀風塵》的主角王晶文也是今年當兵，居然跟他飾演的角色一樣，分發到金門！阿瓜那一梯次，四分之一會被分到外島。阿瓜那時正開始跟一個小劇場女演員談戀愛，一點都不想重蹈《戀戀風塵》覆轍，一看別人抽到外島，忍不住幸災樂禍。輪到他抽時，一眼瞄去，看到籤筒中有兩支野戰籤，連忙把手彎到另一頭，抽到了高雄的工兵學校。

成功嶺上

阿瓜以為，要開始造橋鋪路打水泥挖地雷了，不料因為念的是文科，被校方派去當文書。這其實應該是最「涼」的工作了，但阿瓜很快就發現，常須熬夜加班。軍中的文書，其實是偽造文書。需要假造一堆思想教育的開會、座談紀錄，以備上級查驗。但這些堆積如山的文件，其實沒有任何人會看一眼。

進入軍中體制，阿瓜才發現長官不通人情是常態。他的頂頭上司輔導長，每天喝得醉醺醺，颱風夜還要阿瓜出去幫他買口香糖。為了無線上綱的軍事目的，階級劃分嚴明，造成人整人的環境，讓阿瓜開始憤世嫉俗，對人性失去興趣，甚至轉為厭憎。

有一回在返鄉夜車，遇到一個也演過小劇場的小曹，身著軍便服，說在嘉義師部工作，幫軍中的《忠誠報》寫文章。終於有人可以跟阿瓜一起取笑軍中的官樣文章。隔座卻有個中年人出聲警告，叫他們車上不要談軍務。阿瓜還不以為然，卻瞥見那人旁邊小孩身上蓋了件軍衣，上頭有兩顆梅花，才趕緊閉嘴。

文書坐辦公室，身邊多半沒人。軍中公用電話經常是壞的，阿瓜便會叫女友打到辦公室來。有一回講到一半，總機插話進來，叫他們不要佔線，他們才悚然發現，所有電話都遭到監聽。女友一氣之下就不講了，回去寫信。然而阿瓜不敢告訴她，信件也是會被檢查的。

在藝工隊的日子

剛來第一天，人人在說別人會欺侮新兵，而自己要來保護我——難道這是在混黑社會嗎？

1988.2.1

工兵學校文書做了三個月，阿瓜就如願被調到台北的藝工隊。藝工隊是要私下報考的，考上了，也是用借調的名義「留任助教」，領原部隊的糧餉糧票，退伍前還要返回原部隊（叫做「歸建」）。既然部隊有需要，為什麼沒有編制，一定要用借調？反正軍中怪事太多，阿瓜也見怪不怪了。

阿瓜和同學培能進了同一個藝工隊的編導組。編導是肥缺。全隊人馬東奔西跑勞軍演出，他們可以躲在編導室內納涼。編導室獨立於隊部之外，以構思節目、編寫腳本為名義，可以泡茶、聽音樂、看錄影帶。點名不到，就說「在編導室」，就得了。阿瓜的編導組「師父」——即將退伍的老鳥，也以身作則，告訴阿瓜可以怎麼混。剛去時，師徒兩人去租錄影帶，阿瓜租了一捲約翰•史勒辛格的《馬拉松人》，師父則租了兩捲A片。阿瓜雖談過幾次戀愛，A片卻是第一次，還看到兩個女生做愛。阿瓜才發現，跟著師父，果然是能學到東西的。

藝工隊雖涼，阿瓜畢竟是新兵，常被學長使喚代站夜衛兵。藝工隊臥虎藏龍，有成名藝人（阿瓜同梯的就有小松、小柏、曹啟泰、李志奇、周守訓等等），也有懷小才、大不遇的軍官。有個上尉講得頭頭是道：「學長制」的好處，是隊員可以自行運轉，不用事事給軍官管。阿瓜恍然大悟，原來是因為上頭想省事，才縱容老鳥作威作福。

沒演出時，晚上有「散步假」，只要回來晚點名即可，但仍有許多人晚點完之後，又往外溜，夜半寢室十室九空。阿瓜實在不曉得，台北夜生活哪可以這麼豐富。

有一晚，師父的女友來找他「談判」，師父避而不見，跑去士林買鞋。阿瓜只好陪那女孩聊天。師父回來後，阿瓜才去就寢。半夜一點，阿瓜被衛兵來叫醒，說師父有急事找。阿瓜內心忐忑——該不是到編導室抬那女孩的屍體吧？結果原來是要他趁師父站衛兵的時間，坐計程車送女孩回家，並趕在衛兵換班前回來。任務輕易達成後，阿瓜頗得師父讚賞，說他能做事、又能混，很好。

阿瓜有樣學樣，隔了一天，和女友沒地方約會，便帶她進藝工隊。利用師父教他的秘道——爬浴室的窗戶回到部隊。他把女友鎖在編導室，以免人家誤闖。點完名、洗完澡，才過去相聚。跟女友溫存，阿瓜早起站衛兵還睡過頭，幸好前一班衛兵是一位敦厚的學長，就在那裡乖乖幫阿瓜多站了一小時！

平時勞軍節目，一些既有的綜藝短劇、歌舞就可應付，編導組的最大任務，就是構思「競賽戲」，這是一年一度三軍藝工隊的績效評比。為了這個任務，阿瓜可以請假出去看戲、找資料、拿公費買書，只要能為僵化的藝工節目引進活水，就行。當然阿瓜和同學也使盡渾身解數，連環境劇場的大傀儡都派上用場。可是長官只想要新形式，卻丟不開舊觀念，他們的構想常被改得面目全非。

不過這段日子，阿瓜為了服務隊上需要，也寫了不少數來寶、相聲、和愛國歌詞，還寫詩參加國軍文藝金像獎。詩寫得言不由衷，只得了佳作，領獎時發現評審裡有之前相當器重他的詩人瘂弦，頓時像說謊被揭穿，感到羞愧不已。

阿瓜當兵的日子

台北沒有康米地

媽媽說週四的康米地好難看。令我反省：寫這方向是為了取悅大眾，而今連媽媽都取悅不了，還能騙誰呢？

1988.8.6

在藝工隊編導組，阿瓜快退伍的師父是個職業電視編劇，身在軍中，外務沒停過。阿瓜驚訝地看著師父振筆如飛的連續劇腳本，才確認那些灑狗血的八股台詞，真的是出自一個正常人的腦袋。

阿瓜的機會也來了。他和同在編導組的培能、隔壁國劇隊的立華，三個大學同學湊在一起，接了一季單元劇集的編劇工作，每週要出一集劇本，劇名叫《台北康米地》。阿瓜自小喜愛的諧星 David 擔綱主角，也一起合寫劇本。演員還包括李立群和他們的同學鄧程慧。原始的人物設定頗有深度，一問才知，是他們的老師賴聲川協助擬定的。

三人分別擬定分集大綱，然後每集再拆成幾塊分頭寫。誰有空落跑，誰便去代表跟製作單位開會、或是跟拍。原本以為有人出錢出演員給他們練筆，又可娛樂大眾，何樂不為。後來發現電視的限制既多又奇：例如每個演員的戲份必須一致，又例如對白不能超過一行。阿瓜還細心觀摩當時最熱門的影集——配上國語的《天才老爹》，一個黑人家庭的生活喜劇。

雖然叫「康米地」Comedy，他們後來才發現，David想做的其實不是喜劇，是鬧劇。三個戲劇系學生剛畢業，難免眼高手低，對白被David一改，加上表演誇張、節奏拖沓，完全變成低俗趣味。當時報紙還有點良心，會刊出電視評論。《康米第》首集一出，立刻被圍剿。《民生報》說此劇「純博笑」，比不上打對台的《急診跑跳碰》；《中時晚報》一個叫郭力昕的學者，更是批得針針見血。阿瓜暗地叫好，無奈製作單位絲毫不為所動，繼續糊裡糊塗拍下去。

David的形象天真童趣，實則老謀深算，經常找阿瓜等人討論劇本。後來發現，他們每寫完一集，製作單位就說，David已搶先交了一本，點子雷同，當然是用David的。被陰了兩次之後，David說要開會，他們便採各種理由推託，不再上當。

雖然第一次電視經驗並不愉快，阿瓜還是會自行尋覓阿Q的樂趣。有一集他安排David唱歌，副歌須不斷重複「卡夫卡夫卡夫卡」，David居然不疑有它，乖乖唱出來。後來李立群演了幾集不想演了，阿瓜於是安排他去了法國。其實想去法國的是阿瓜。

三人都在當兵，編劇不能掛真名，三人於是各出一個字。一個出「朱」，一個出「風」，阿瓜出「象」（因為正在讀《杜象訪談錄》），合起來，便成了「風向豬工作室」。他們三人還應邀一起幫《長鏡頭》雜誌寫評，決定用三個筆名：杜魚、杜象、杜孤，組成「三杜空間」。想不到剛取完名字，《長鏡頭》就停刊了。

半年後，王小棣老師在拍半小時的家庭喜劇《全家福》，阿瓜從四十集之後，以筆名「杜魚」加入，終於可以有所發揮。每次編劇會都十幾個人開，大家來自不同階層，所以題材豐盛，阿瓜覺得，這是真正的「台北康米地」。蔡明亮也在編劇群中，開會時不掩對好萊塢的興趣，開口閉口《鬼哭神號》、《致命的吸引力》、《回到未來》，如數家珍。日後蔡明亮聲稱他不拍通俗情節，非不能也，是不為也。不曉得別人相不相信，阿瓜可是深信不疑的。

出公差與開小差

本要去看電影，來不及，索性暢遊太陽系，大抄一番目錄。今早大睡一覺，下午大落跑，晚上大吃一頓，真是個大日子。

1988.10.28

藝工隊的競賽戲，阿瓜這一隊的總編導，是一個混了一輩子藝工隊的老師。他曾在藍天藝工隊拿過首獎，沒事就愛拿出來炫耀，逼所有人反覆看他的得獎節目錄影。阿瓜和培能想出來的節目，要過他一關，過組長一關，隊長一關，還有大隊長一關，每一關意見經常矛盾，最後排出來是什麼樣子，難以逆料。

那一年在國軍文藝活動中心的競賽，阿瓜這一隊頻頻出包。佈景漏了上、主持人啞嗓、麥克風破音，現場負責幻燈的阿瓜太緊張，還手忙腳亂換錯片盤，投錯字幕。結果揭曉，竟在六隊之中敬陪末座。全隊士氣空前低落，但可能是隊長快退休了，對這結果淡然處之，竟沒有任何人受責罰。

除了打打幻燈，編導組跟演出的機會，大概只有出公差。有一次阿瓜、同學培能、和另兩個隊員，被派到社教館去支援高雄北上的歌仔戲演出，改編自《拜月亭》的《雙美奇緣》。他們一下演番兵、一下演強盜、一下演侍從，滿台跑來跑去。下午排一遍，晚上就演。阿瓜摘了眼鏡，什麼都看不到，卻還很得意。想起老人家總說，當兵可增長人生歷練。至少他從沒想過這輩子能演歌仔戲。

又一回，全隊被派去淡水高中拍中影的電影，王正方的《第一次約會》。女主角是演過《恐怖份子》自殺女孩的黃嘉晴。那天是開鏡典禮，拍五〇年代舞會。阿瓜穿著跟女友弟弟借來的襯衫、長褲，和所有人一起學跳吉力巴。不但有五百元可領，第二天還補休。後來看早期國片，龍套常顯得呆頭呆腦，阿瓜就想說，多半是阿兵哥被抓公差的吧！

出公差，除了心情像開小差，公差前後也往往可以多偷半日閒。空檔的最佳娛樂，就是去看電影。當兵這段期間，阿瓜補了不少電影功課。在台南受訓時，第一場軍中電影居然是關錦鵬的《地下情》，後來還有譚家明《最後勝利》。雖

《恐怖份子》時的黃嘉晴

然阿瓜早都看過，仍然受寵若驚，看得津津有味。

到高雄下部隊時，往返台北的野雞車上，阿瓜看了不少港星演的俗濫之作，大開眼界。北調藝工隊後，更是利用落跑時光，電影圖書館和MTV的放映，看得比大學時代還勤。為了陪女友，好片看個兩三遍是家常便飯。阿瓜雖是影癡，卻很晚才開始蒐集錄影帶，主要是因為當時還是 Beta 小帶和VHS大帶爭奪市場不下，Beta 軟體多，但VHS畫質好。等到VHS大獲全勝，LD影碟又已佔據市場。然而碟片的價格又實在是太貴了，仍只能上MTV去看。剛開的一家「太陽系」MTV十分熱門，假日去看片，竟要排到一個半小時。LD若要看字幕，必須外加字匣。「太陽系」最猛的是，還會幫進口水貨自行製作中文字匣哩。

去MTV看電影，往往狀況百出：影片模糊、彩色變黑白、字幕亂譯，不一而足。有一回阿瓜和女友在淡水的MTV看大陸的得獎電影《老井》。明明講中文，卻聽不懂，原來土腔太重。因為是翻拷自日版影碟，字幕又只有日文。這時，女友忽然開始把字幕譯成中文，阿瓜才想起來，多麼幸運，原來她是日文系的。

箱子裡的笨驢

我在豎蜻蜓時，只要她願意望多久，就可以豎多久，否則我寧可鬆手摔死，也不願像傻子一樣空耗。

1988.3.30

別人當兵會丟女朋友，阿瓜當兵後，跟女友 Vinia 反而開始如膠似漆。Vinia 是念文學的長髮美女，又是小劇場演員，在廣告製作公司任職，工作緊張勞累。無論是工作的困擾、或排戲跟導演吵架，她都把阿瓜當成傾訴對象。阿瓜當兵時內心毫無寄託，也只能拚命寫信。雖相隔兩地，感情卻急速升溫。

阿瓜調回台北之後，兩人相見機會增多，反而出現許多相處問題。女友慣性遲到，在電影院門口等她幾十分鐘是常態，見了面電影看不成，只有吵架。阿瓜把遲到習慣上綱成對這份情感的不重視。Vinia 生性不愛辯解，有時生氣也不說原因。以阿瓜打破沙鍋問到底的個性，常鬧得不歡而散。但兩人的興趣相投，可以從早到晚看電影看戲，也可以賴在房間一整天，談理想談夢想。阿瓜當時深受周兆祥《另一種生活價值》影響，是個反消費主義的憤青，連帶也反對社會幫兇的廣告，所以力勸女友離開這辛苦又敗德的行業。

在沒有手機的年代，相約十分困難。阿瓜得在公用電話前，不斷打到她家、她公司、她的劇團、她常去的咖啡廳，到處留話，才找得到人。見面之後，除了泡咖啡廳、看電影，兩個無殼蝸牛根本無處可去。阿瓜常跑去她家過夜，睡她弟弟房間，但她父母難免覺得彆扭。於是，只能四處投奔她的劇團、與兩人的同學或老師家。

Vinia 和劇團的一個美麗少年十分要好，少年那時在跟陳坤厚導演拍片，住處常讓他們借宿。有一次聽說少年要南下，兩人計畫去他家共度，到了才發現他晚上兩點才出發，兩人自覺尷尬，只好跑到附近的ＭＴＶ殺時間。

阿瓜的假期少，一得空便希望女友作陪。但女友要排戲、要跟同學聚會，阿瓜覺得被冷落，常霸道地爭時間，讓她的朋友覺得這男生好不懂事。Vinia 飽受困擾，覺得談戀愛太不自由，經常萌生分手之意。直到有一次，阿瓜在部隊看到一名士兵，在公用電話中對女友疾言厲色追查行蹤，才忽然了悟，這樣對待女友何其殘忍。

戲劇系畢業後，阿瓜慢慢學會用看戲的眼光看人生。不過戲也不見得都是有益的。有一次 Vinia 看了一齣環墟劇場的分段創作，覺得只有李永萍的〈陽羨書生〉做得不錯，其它幾段只覺噁心，害她夜半惡夢，夢見一隻無頭狗跑來跑去，內臟還被主人挖空。這種怪事她也只能跟阿瓜分享。

有一晚他們又找不到地方共度，心情低劣，決定花八百八十元住旅館。一早八點半，她就得向公司報到開會。第二天起床，阿瓜見她淚流不止，大為惶恐。原來她整夜無法入睡，緊張地等待上班，以致疲困不堪。週一早上計程車又難叫，坐上去時已遲到了。Vinia在車上兩眼木然，全身緊繃，看來可憐復可怕。

就在此時，她突然要計程車回頭，決定不去上班了——而且，是永遠不去了。她多時的躊躇，竟突然決心實現。兩人回到旅館，睡過中午，再一道去吃自助餐。阿瓜意識到，他就這麼介入了、甚至改變了一個女孩的生活，震盪不已。阿瓜介紹她去給楊德昌的新片當場記，完成她的電影夢。後來他送了張卡片，上面寫道：「人生難得再次尋覓箱子裡的笨驢」。那原是〈戀曲一九九〇〉的一句「人生難得再次尋覓相知的伴侶」，但羅大佑發音渾濁，聽來成了另一回事。從此，這兩隻笨驢就把自己關進同一個箱子了。

年輕的河左岸劇團

六四與五二〇

內蒙調到北京的部隊瘋狂屠殺令人鼻酸。電視出現一位市民挺身單獨阻擋裝甲車的情景。所有記者今夜撤離北京。

1989.6.5

一九八九年五月，集結在北京天安門廣場的學生已經鬧得如火如荼。屏風新戲《半里長城》在台北首演時，阿瓜看到黑衣女郎站在社教館大廳，吆喝大家簽名聲援對岸的民主運動。《半里長城》惡搞歷史劇的作法，看來竟有意無意呼應著跟傳統鬧革命的新思維。

同週還有另一場演出，環墟李永萍和零場周逸昌合導的《武貳凌》，把耕莘文教院的大禮堂當成環境劇場，搭了三個舞台，觀眾在中間走來走去。題材是一年前被政府和媒體污名化的五二〇農民運動，演出形式多變，演員扮

木偶說書、推鋼架行走、女子瀕臨崩潰、豔舞造做扭捏，還有人到處扔白菜、問觀眾：「你愛台灣嗎？」

那年頭演後座談會往往比戲更激烈，《武貳凌》也不例外。李永萍表示，從前衛實驗跨到政治議題，是環墟劇場的一大步。一名新聞系女生質疑創作觀點缺乏平衡，兩位導演說他們研究了所有資料，認為農民丟石頭是被誣陷的，所以當然該呈現事實。阿瓜不由得想起黃建業老師說的，現在小劇場常很法西斯，於是搶麥克風說，如果抨擊傳媒是一面倒，今晚所見也是一面倒。有個環墟成員說他沒參加演出，就是對戲裡「一面倒」的反感。李元貞和劉靜敏都講話了，說如果戲裡的結論無法服眾，是否創作者也該反省？然後有觀眾說他參加過五二〇，這次的模擬不夠震撼；又有觀眾說五二〇她站在第一線，演出太逼真，讓她都哭了。最後變成眼淚鼻涕的交心大會。

缺乏現實敏感的阿瓜，沒有聯想到他所同情的對岸學生運動，其實和五二〇的「官逼民反」異曲同工，也是一場被北京政府抹上暴動污名、被台灣政府抹上反共色彩的訴願行動，更是以廣場為舞台的大型環境劇場。

當時阿瓜和同學培能正被藝工隊派去支援一家製片公司。為何阿兵哥可以去幫私人拍片？只因老闆幹過金防政戰部主任，是隊長的乾爹。不到一個月就要上檔的兒童劇集，連主景和配角都沒找到。全公司除了老闆跟導演，只有兩個接電話小妹。阿瓜和培能必須包辦副導、執行製作、劇務、場記等所有工作，最後還借到阿瓜的阿姨家拍攝。

阿瓜那段日子就在拚命教小鬼演戲當中度過，還要應付各類星媽：有的整天恫嚇小孩，有的滿眼是錢，阿瓜只覺小孩好可憐。對岸的大人也開始教訓小孩了。六月四日當天，新聞插播不斷，解放軍血腥鎮壓天安門。導演不得不耐住性子拍片，其他人有空全盯著電視不放。

天安門事件的第一個影響，就是全軍禁假，跟不久前經國總統逝世時一樣。培能被急電召回新竹去守海防，因為全西海岸的軍隊都要重新點閱分發，好像對岸的亂象是反攻的契機似的。

兩天後阿瓜去看蘭陵劇坊演出鬼氣森森的《螢火》，只見國家劇院台階上坐了許多學生，高唱〈龍的傳人〉。那時全世界都同仇敵愾，林懷民編了舞給柴玲，韓賢光作了曲叫〈吾兒開始〉。還盛傳大導演彼得威爾要來台取景拍《北京屠夫》。過了十年，賴聲川的《我和我和他和他》還翻舊帳說：「十年前的理想跟熱情到哪裡去了？那些廣場上的可憐學生，被機關槍掃射躺了一地，被坦克車壓得誰是誰都認不出來，到今天還有誰會記得他們？」

又過了十年，真的誰都記不得了。李永萍投效了繼續毀農的國民黨；賴聲川的新戲紅遍大陸，戲裡再也不提六四；而《北京屠夫》呢，根本只是一則謠言。

小記者大粉絲

馬汀尼責備我每天寫些狗不拉雞的東西，令我沮喪。外面看不到我的工作壓力和上司要求，也看不到我每日的大量供稿，只看到那版「星光燦爛」。唉！不如歸去。

1989.11.10

經黑衣女郎引介，阿瓜退伍第二天就找到工作——進《中時晚報》。當記者是阿瓜自幼夢想之一，何況跑的是他最愛的電影！然而阿瓜很快就發現，理想和現實的差距。台灣電影景氣蕭條，哪來那麼多新聞可報？只能每天跑到各家電影公司和新聞局，捕風捉影。而外片部分，則只能抄國外綜藝雜誌小道。

阿瓜原以為看試片是美事一樁，但當影迷可以挑片，記者卻不行。巨星演了任何阿里不達的爛片，都必須照看照寫。好萊塢大片很快就讓阿瓜胃口倒盡，種下日後反美、反資因子。

阿瓜從前寫文章，磨蹭時間比下筆多。當記者被逼出一個本事：坐下就要能寫，落筆就要千言。最麻煩的是每天還得交美女照片充版面，寫些不痛不癢的花邊。照片交不出、新聞不夠嗆，主編黃姐就會不留情開飆，記者人人自危。

中影當時來了一位總經理，不想拍片、只想靠遊樂場賺錢，阿瓜自視為正義使者，於是照三餐修理。有一天看到台視播出《戀戀風塵》，全片台語被改配僵化的國語。阿瓜越看越火，第二天就破口大罵台視跟中影。幾天後國慶，中影總經理將開罵最兇的各家記者齊聚一堂，盛宴招待，阿瓜被灌了不少XO，過後卻沒有人筆下留情。

藉著跑碼頭，阿瓜逐漸認清電影圈真相。製片工會全是江湖流氓，連某些名導的製片也不例外；演員工會則成了大哥級演員的從政競選後援會，烏煙瘴氣。從這裡完全看不到國片希望。

阿瓜的記者生涯也看不到希望。當時王童找阿瓜和學弟順子寫劇本，《聯合報》記者藍祖蔚得悉，告誡阿瓜說：「當記者今天寫什麼人家明天就忘了，寫劇本才是正事！」影藝版缺人時，阿瓜引進了《恐怖份子》一起幹助導的施明揚，侯孝賢知道後，當眾惋惜施明揚竟當了記者。阿瓜頓時遭到兩項衝擊：一是記者仍被大家視為低階工作；二是「怎麼沒人惋惜我？」

施明揚幹了幾天記者就不支逃走。阿瓜繼續留下苦撐的原因，其實有點羞於示人，就是可以看明星。有一天用餐時，同事笑一位中時記者，說她剛跑新聞時，見到明星都樂得無法克制。阿瓜信誓旦旦說他才不會，結果立刻受到考驗。當天下午去看港片《驚魂記》，林青霞竟然出現。看完片一堆記者圍上去，阿瓜卻一個問題也問不出口，實在是太興奮了。

又有一次機會，阿瓜採訪到高中時心儀的偶像女星。阿瓜曾為她寫詩登在校刊上，想不到十一年後竟能一償相思。女星遲到半小時，談了一個小時。阿瓜忍不住秀出兩本她的相簿，她發現阿瓜是影迷，不以為忤，反而請阿瓜吃牛肉麵及蛋糕。她是基督徒，還趁機跟阿瓜宣教，阿瓜卻全在看她多麼明豔可愛。後來幸而靠錄音才完成採訪稿——阿瓜當天花二千七百元買了一台可以錄音的隨身聽，還作賊心虛地不敢拿出來，只偷錄到半小時，後來一遍遍細聽，回味無窮。稿子寫出來後，主編還質疑：這個明星值得用半版做專訪嗎？

不管別人怎麼想，阿瓜就是覺得，這篇報導可以抵償他記者生涯的所有苦難。

阿瓜少年時在電影院偷拍的偶像照片

記者生涯原是夢

《悲情》只得兩項金馬且是低票通過，太古怪！接著去環亞晚會，和關錦鵬同車，他不是很快樂。

1989.12.9

阿瓜幹記者短短半年，即卸職求去。其實《中時晚報》已是當時頗有理想的報紙，還有養士之風，幾位撰述委員焦雄屏、郭力昕、張大春、蔣家語都樹立了言論標竿。焦雄屏和影藝版主編黃寤蘭更策辦中晚電影獎，以非商業類競賽平衡主流的金馬獎，這個獎到了一九九四年直接變成台北電影獎。

即令工作有聲有色，阿瓜還是鬧倦勤，可見新聞事業的確與他水土不服。阿瓜難以接受「時效」比「準確」更重要的原則。新聞要搶得快，往往必須捕風捉影，拼湊成篇。但慢了，就不是新聞。再重要的事件，只要慢了人家一步，就形同垃圾。就算你比人家寫得周延，也上不了版面。

阿瓜喜歡的都是些舊貨，比如幾百年前的巴哈和莫札特，幾十年前的赫塞跟紀德，當然覺得記者疲於奔命，追的都是些無聊透頂的東西。雖然每天全台灣讀的報紙，有半版是阿瓜寫的，但這成就感也催眠不了阿瓜。幾個月後的一天，他居然賴床不去上班。

第二天被當眾質問，阿瓜直說是因為「工作倦怠」。主編黃姐不敢相信這年輕人如此忝不知恥。阿瓜於是背負著不顧大局的自私罪名，順利離職——沒錯，不是只有七年級的草莓不耐操。

當電影記者，一大福利就是出國報導影展。時值台灣電影在國際起飛，各報都會派記者隨行。威尼斯、紐約影展這類好康都被報社的資深記者領走，阿瓜輪到的是到印尼參加亞太影展。亞太根本是個聯誼活動，交流比競賽重要，玩又比交流重要。阿瓜完全想不透為何要特派記者前往，但仍然行禮如儀，一到雅加達住進旅館，就先裝傳真機——在沒有電腦及網路的年代，稿子都是手寫然後一張一張傳回報社。發現前兩天都是觀光行程，入圍名單要第三天才出爐，《香蕉天堂》的編劇之一宋穎鶯，便徵召起兩天一夜巴里島之行，阿瓜也大起膽子跟著脫隊，同行的還有一位導演。

第一次往訪巴里島，那兒的舞蹈表演雖觀光化，激烈的能量和優美的形式，仍把阿瓜震懾住了。逛神壇、看火山，比起在雅加達被安排的秀場表演或動物園參觀，精彩百倍。阿瓜還寫了詩。他終於認清，跟記者身份比起來，寫詩讓他更自在得多。

半年記者生涯，阿瓜經手最大的風波是《悲情城市》。在「二二八」還是禁忌的年代，新聞局初審就沒通過，把責任推到再檢的社會人士身上。片商意思意思自剪一刀，然後通過複審。片商給媒體看的也是修剪版，藉此大事炒作。其實《悲情》拍得情緒濃郁，美感凝練，但敘事大幅省略，等閒難以看懂，被這麼一炒，反而引人爭睹。緊接著片子在威尼斯得了大獎。侯孝賢回國時，片商還包遊覽車載媒體接機，台灣電影從未如此熱火。

半年後金馬獎頒獎，關錦鵬《三個女人的故事》獲獎八項，包括最佳影片和女主角張曼玉。《悲情》只得最佳導演和男主角陳松勇。結果一出，黃姐用「馬蹄踢下威尼斯」當標題，聳人聽聞。但阿瓜興奮的卻是，終於親眼看到張曼玉；還跑到美女環繞的「大富豪」KTV，專訪到獲劇本獎的邱剛健，一旁作陪的是剛到高仕電影做策畫的蔡康永。阿瓜從關錦鵬《地下情》就開始崇拜邱剛健。他再度認清，跟記者身份比起來，當粉絲讓他開心得多了。

阿瓜與徐立功在亞太影展代表團中，1989印尼Ayer島

第一本詩集

書印得頗多疵瑕，如不夠黑、且有斑駁，封面圖案對不準etc. 但仍很高興。連日記也不寫，連夜書題贈人直到天明。

1990.3.21

那年春節過完沒多久，阿瓜和詩友淑美，去紫藤廬參加一個詩人聚會。其實是去瞻仰自美返台的詩人林泠。在座的還有陳克華、王浩威、林翠華、羅任玲。林泠提出一個構想——每年甄選一位作者手稿，予以推薦出版，經費由她負責。對於從未出過詩集的年輕詩人來說，這真是何其動人的鼓勵。

可惜阿瓜已經沒有機會了。他的第一本詩集正在印刷廠。座中初識的零雨一看到阿瓜手中瘂弦的序文，立刻要去登在復刊的《現代詩》。

阿瓜何以能得到這麼珍貴的一篇序？事緣四年多前，美術系的曹咪想要辦詩展，託戲劇系的阿綱蒐集了一批詩稿，請當時在兼課的瘂弦老師審核。瘂弦看了阿瓜一整本詩稿，主動聯絡，說他的詩有楊喚的甜美童話風，比時下多數名詩人寫得好。阿瓜哪受過這種讚許，立即發憤圖強，想出詩集。瘂弦幫忙推薦給幾家出版社，卻都吃了閉門羹。但瘂弦呵護不遺餘力，阿瓜當兵期間，不斷給他主編的副刊供稿。當時報紙受上層壓力，極少登詩，要也只登名家的，瘂弦便拿阿瓜的散文詩冒充極短篇來刊登。

後來《曼陀羅詩刊》的楊維晨來找阿瓜，說是作者自付印刷費的話，可以幫忙出版。於是阿瓜和羅任玲、楊維晨，一起出了各自的第一本詩集。那是鉛字排版逐步蛻換為電腦打字的時代，詩稿必須請打字行打好，校對完後，輸出到相紙上，再剪貼完稿。阿瓜自作聰明，配合每首詩的氣味，還選了粗細兩種字體。

詩集叫《黑暗中的音樂》，是抄柏格曼的片名。阿瓜喜歡詩友（也是樂友）莊裕安像小孩的笨拙筆跡，請他為詩集題字。由於想用阿平的畫當封面及插圖，乾脆請阿平來完稿。阿瓜完全不了解，畫家和平面設計是兩回事。沒想到阿平手腳和她畫風一樣粗，動作快不起來，又即將出國，瑣事纏身，還有男友要顧，常把阿瓜一個人丟在她家自己貼稿。等詩集終於送進印刷廠，阿平已去了法國。不懂排版套色的阿瓜，才發現把彩圖印成黑白封面，會污成一團。只得自己拿簽字筆，把畫中輪廓和題字重新描出，分版印刷，也顧不得多醜了。

唯一值得欣慰的，是等到了瘂弦的序。原本邀約時，沒指望他答應；等他答應了，又沒指望他能交稿。截稿期到了，瘂弦請他再等等。阿瓜心想，應該是托辭吧，但也不好意思，只能硬著頭皮等下去，不料等來一篇四千字的長序，題為〈詩是一種生活方式〉，將新一代詩與生活的自由關係，詳加論述，並引詩歷歷，畢見工夫。

瘂弦做事十分仔細，交稿也要跟阿瓜面約。那晚八點，辦公室只剩瘂弦一人。稿子是給報社打好的，還用筆細細校改過。瘂弦談起同輩詩人多汲汲於進入歷史，出版「被評論集」、找人作傳，反而很羨慕年輕詩人的自在。又慨嘆《聯合報》天天休閒版，卻不給副刊篇幅發揮。阿瓜好狗運，前輩用他澆自己塊壘，反而讓詩集一鳴驚人。

詩集出版時正值學生天天在中正紀念堂靜坐，訴求解散國民大會、廢除臨時條款。阿瓜只去過一次，跟舞蹈界陶馥蘭、電影界張昌彥、美術界侯俊明等藝文界一起聲援，其實心不在焉。那一陣子，他忙著穿街走巷去批書。當時連鎖書店必須一家家自己送，眼看賣得好，就心花怒放。哪想到更年輕的野百合正盛開，把盤據剝削的上一代共犯勢力，一舉炸翻，開創了全新的未來。

試情記

中午去到音樂廳，見大門深閉，梅哲等人困在門外，原來已封館大吉。其實今天沒有很鬧，把觀眾趕回家看腐敗的慶賀總統就職節目更是無理。

1990.5.20

阿瓜家境小康，自幼學不起音樂，母親便每週末帶著他和哥哥，從桃園搭客運，顛顛簸簸晃到台北。在火車站旁買一杯楊桃汁解渴，然後繼續轉公車，到一所位在公寓內的「東西精華協會」學書法。寫字便宜，只要買毛筆和毛邊紙，一本字帖兄弟共用，毛邊紙寫不夠還可以用舊報紙。

阿瓜超沒耐心，練了幾年就半途而廢，倒是對音樂難以忘情。大學時詩友莊裕安是超級樂迷，還在私人診所裝了小耳朵，每天狂錄日本播送的歌劇節目。阿瓜耳濡目染，也一知半解地鑽研起來。

當完兵後，阿瓜面臨人生的轉捩點。辭去記者工作，開始寫電影劇本卻抓不住竅門，想導的戲在老師的劇團裡排隊，學了半天法文卻拿不定主意該不該出國。就在這時，同屆的音樂系高材生黃奕明，拉他去台北愛樂室內樂團幫忙做歌劇。黃對劇場和電影都超感興趣，還幫阿瓜的畢業製作《射天》寫過歌。阿瓜很難抵擋新鮮事，便一口答應。

指揮亨利梅哲要演的是《女人皆如此》，改名為《試情記》。歌手都是台灣音樂家，黃還找來仍在當兵的同學李子聲客串排練的鋼琴伴奏。梅哲指揮兼導演，阿瓜則被推為副導，還負責念旁白。

依梅哲的觀點，《試情記》內含莫札特最美的旋律，卻有最無聊的劇情——兩個男人無事生非，想試探自己的未婚妻，於是改變裝扮去誘惑對方的女伴。第一次到梅哲家開會，大家便一起看某個演出錄影，觀摩走位。阿瓜日後的主要工作，便是努力提醒歌手唱到哪、走到哪。在志大才疏的阿瓜眼裡，梅哲的調度毫無章法，也無觀點，但阿瓜自己更手忙腳亂。演出唱義大利原文，阿瓜看譜常跟不上，不曉得演到哪裡，更別談指導演技了。

歌手一個個都是音樂老師，外務不斷，排練起來心有旁騖。梅哲常氣得吹鬍子瞪眼說，你們唱不好，這首我可以刪掉，沒什麼非唱不可的道理。他也真的刪去好些段落。即使儘量簡化，歌手還是嫌走位太多，讓他們無法專心演唱。有位蔡老師終於跟指揮當面開砲對吼，鬧得不歡而散。

黃奕明當機立斷，寫了俏皮的相聲式串場，歌手在旁白中演演啞劇，然後又可以專心唱歌。大家一致認為黃的旁白唸得好，阿瓜便杯酒釋兵權，從副導變成了撿場，反而如釋重負。

這齣戲宣傳做得不小，想不到演出當天去到國家音樂廳，竟然吃了閉門羹。原來那天是李登輝總統就職典禮。五月初總統就宣告，國防部長郝柏村將升任行政院長，引起「軍人干政」的社會之怒，不但發起大遊行，還集結在中正紀念堂抗議，到就職日蔚為高潮，兩廳院唯恐波及，決定藝術靠邊站，閉門謝客。

七十幾歲的美國指揮雖然脾氣火爆，面對台灣獨有的民主文化，也只能乖乖解散，第二天再進場。演出來不及彩排，歌手卻發揮音樂實力，算是順利圓滿。和阿瓜一起管便當的，是當時念台大外文四的王文華。

郝柏村的行政院長沒有當完，在不斷的抗議聲中下台，所謂「軍人干政」，原來是李登輝分散黨內反對勢力的一著棋，整個社會都被耍了。阿瓜後來到歐洲見識了歌劇新潮，才發現《女人皆如此》也是經得起深掘的。返台後，他開始有機會擔任歌劇導演，幾經歷練，終於如魚得水。台灣的歌手也越來越勇於嘗試表演的挑戰。倒是當初引路的黃奕明，已經放棄音樂事業，變成了傳道人。

大學時代的黃奕明（右二）

梅與櫻

下午去楊導家，順子首次加入《牯嶺街》，楊導要我說故事，他筆記。我誇口要十分鐘說給他聽，結果扯了半天，發現省掉的其實都不能省。「十分鐘」成了笑談。

1990.5.7

一九八九年九月，《悲情城市》在威尼斯得獎後，國片士氣大振。王童導演想打鐵趁熱，在次年梅雨前，拍攝殖民地時期，日本妓女和台灣礦工的戀愛故事，定名《梅與櫻》。他之前的《稻草人》原想找黃春明寫劇本，改找王小棣之後，成績斐然，兩人又合作了一次《香蕉天堂》。如今小棣在忙電視，便推薦為她寫過電視劇的阿瓜，幫王童寫《梅與櫻》。王童之前有與蔡明亮、于光中合作《陽春老爸》的愉快經驗，十分信任小棣推薦的年輕人。

阿瓜還在當記者，為了工作效率，找來學弟順子一起編。兩人都沒寫過電影，題材又是日據時代，兩人缺乏現實細節，只有一直從類型和奇想出發。一下拿《光榮戰役》作藍本，一下取法《滅》和《新天堂樂園》的情境。阿瓜想到取巧之道——把時空設在當代，藉由「拍電影」的過程帶出戲中戲，用導演日誌或書信體敘述，這樣可以避開不擅長的情節。阿瓜當時正迷《抓狂歌》，心心念念只想把片尾搞成龍舟大賽，拿陳明章的〈慶端陽〉來當配樂。

王童提供題材和畫面構想，故事走向全開放給編劇。順子點子多，想過一個三角戀愛，又想過一個謀殺推理，王童聽來聽去，都覺得太複雜，他要的是簡單、乾淨、衰敗、失血的愛與美。兩人無計可施，只好三番兩次請小棣出馬幫忙。小棣每次給意見，方向就大改，劇中人的命運也擺來盪去。後來王童招認，他希望劇中一定要有主角櫻子病故的情節，其實是要拍他太太的死。他源源道出，太太生病時抱著她為她洗澡，感到有眼淚灑在他肩上；有一回扶她在醫院長廊上散步，她忽然說，像極了多年前兩人步上結婚禮堂的情景；還有住院前帶著斷手的兒子去參加畢業典禮，她一直幸福地微笑……。阿瓜聽得十分感動，決心要好好把導演想拍的東西寫出來。

當時楊德昌在籌拍《牯嶺街少年殺人事件》，找來一群藝術學院戲劇系的學生試鏡，順子也去幫學弟妹拍照。楊導發現阿瓜已經在寫電影劇本，便把他拉去討論《牯嶺街》。當時阿瓜已辭去記者工作，在導他畢業後的第一齣戲，念法文準備出國，又要結婚，哪有時間接新工作。但楊導開出的條件極有吸引力——要阿瓜幫他寫《婊子無情》和《暗殺》的大綱，還要他把《牯嶺街》的大綱「翻譯」成劇本！阿瓜終於抗拒不了誘惑，和順子一起投入《牯嶺街》。

楊德昌的編劇方式，讓阿瓜狠狠上了一課。每個人物都要建立完整的背景資料，再依之細細推演他們每一刻可能的真實反應，直至環環相扣，毫無廢筆為止。阿瓜發現，之前他們編的故事都太模糊散漫、一廂情願了。

但他們用這種模式回去寫《梅與櫻》，由於功力不足，卻變得細節繁瑣、見樹不見林，十分彆扭。當四個月後《牯嶺街》開拍，《梅與櫻》劇本還在難產。次年《牯嶺街》殺青，兩人終於寫出一個初稿，讓王童可以跟中影申請拍攝。但他們都知道，這個版本的缺失，一言難盡。不得不承認，勇氣是一回事，能不能通過挑戰，又是另一回事。

《梅與櫻》最後回到吳念真手上重寫。《牯嶺街》完成一年後，《無言的山丘》終於出爐。看到電影時，阿瓜暗自慶幸，王童拍的不是他們當初那個版本，否則台灣電影的損失可大了。

一部史詩的電影
導演／王童　編劇／吳念真
澎恰恰
楊貴媚
黃品源
文英
陳仙梅
任長彬
篠崎功
主演
無言的山丘
HILL OF NO RETURN

牯嶺街少年愛與死

第一天拍完，回公司開檢討會，美工組抱怨經費少工作重，Arthur尤其情緒化。我最後忍不住指出犧牲須自問是否甘願，不甘願何必花小犧牲換大痛苦？此語實編此劇之心得。

1990.8.8

編《牯嶺街少年殺人事件》，阿瓜經常上圖書館翻查舊報紙。但他學到最多的，卻是楊導和製片余哥成天掛在嘴上的，他們那個年代的黑話，那可是報紙上沒寫的。女的叫「Lis」，男的叫「性子」，借錢叫「擋瑯」，睡覺叫「妥條」。還有個「念」字，就是「不行、完蛋」，例句：「我昨晚沒睡，現在已經念了。」如「念哈啦」就是「不講話」。這些語言全編到劇本裡，也天天流竄在公司上下眾人嘴邊。

拍電影是集體行動，多少也有點像在混幫派。最快樂的時光是一夥人南下勘景，把想像的畫面找場景落實。由於影片拍的是一九五〇年代，真正的台北牯嶺街早就景物全非，要找更質樸的街景，南部的糖廠和眷村成了不二選擇。最後是金瓜石的主內景、拼貼屏東的外景，才成就了完整的影片現實。

阿瓜劇本編完，又被抓去演老氣橫秋的國文老師。《牯嶺街》人物眾多，工作人員全被分配了角色入鏡。阿瓜的戲只有一天，仍早早請父親講過一遍台詞，每天用隨身聽反覆練習山東口音。但是到了拍攝當天，還是皮皮剉。幸好鏡頭調得老遠，不然就是畫外音，讓阿瓜鬆了口氣。

由於每個場景陳設需要時間，於是拍拍停停。停工的日子，便去中影試片間看毛片。沖印廠依照慣例，只印出OK的鏡頭，NG的都拉掉了，比較省錢。楊導一看毛片就大怒，要以後拍壞的、沒拍完的鏡頭，也全要沖，以便剪輯時有更多選擇。完美就是這樣用錢堆出來的。

杜篤之在前一年《悲情城市》已經嘗試同步錄音，《牯嶺街》是第一次正規配備全副武裝上陣。不同步的時代，每個鏡頭的拍板有錄到就好；同步起來，拍板聲一定要同時拍到並錄到，剪接時才能對到聲音，場記的任務於是十分重要。《牯

楊德昌在拍片現場

嶺街》的場記正是阿瓜論及婚嫁的女友，最初幾天剛好重感冒，阿瓜於是代妻出征。父親節當天，電影在淡江中學開拍，為了捕捉真實感，導演往往不讓演員知道何時開機，遠遠地先偷拍，拍完要打倒板，才能關機。為了搶時間打倒板，阿瓜在現場真是手忙腳亂。

《牯嶺街》的主要演員都是些沒演過戲的小毛頭，為了捕捉到理想表演，要教要哄、要罵要騙，無所不用其極。最誇張的就是，拍了三個禮拜，楊導一直覺得小女主角 Lisa 表現不如預期，從美國學校找來另一個小女孩，在現場待命，準備隨時換角。Lisa 雖冰雪聰明，此時卻十分無助。大家都知道這只是做戲，為了給 Lisa 壓力，讓她全力以赴，但阿瓜總覺得 Lisa 好可憐，或許那個希望渺茫的替身更可憐。阿瓜家裡養魚，魚缸的打水器極吵，魚應該都被吵瘋了。阿瓜覺得，有替身在一旁待命，還要輕鬆自然地表演，應該也像在隆隆聲中奮力呼吸，那般不易吧。

然而電影便是如此殘酷的工作，沒有狂熱的愛，是很難支撐的。一個淡江大傳剛畢業的學生，加入美工道具組才兩天，便在騎車送道具回拍片現場時，在金華街和新生南路口出了車禍。整個公司又一起出動，但這次卻是到板橋殯儀館送行。死者的一群學弟妹到場致哀，寡母哭得死去活來。這死亡比阿瓜在劇本裡寫的真實得多。阿瓜開始思考，電影真的有那麼偉大嗎？

孤獨的狼

昨晚他說搞創作的人必然很脆弱，因為他們作品最敏感真誠動人的就是靠這些。但是別人很難從這個觀點理解個人行為，只有靠作品。這證明他了解自己的脆弱。

1990.6.23

阿瓜和楊導同為天蠍，卻遠不像楊導那樣一絲不苟地檢驗每一個人。去高雄勘景時，大家踏入一間酒吧，看到正在放「賽門與葛芬柯演唱會」，楊導立刻說保羅賽門一輩子沒做過一件不屌的事。阿瓜深覺，楊導正是以此自我期許，才會不斷自我挑戰，推陳出新。就這個標準，楊導認為黑澤明是越老越糊塗，雷奈卻越老越清楚。又覺得小津名過其實，成瀨才真正厲害。而他在新電影早期最推崇的是柯一正、曾壯祥。對於用東方美學魅惑外國觀眾的作法，他深深不以為然。楊導的名言是：「有種就用鋼筆寫文章讓人家佩服，不要用毛筆。」阿瓜很佩服他的堅持，但仍忍不住覺得，毛筆也挺美的啊！

楊導的生活中保有許多美式作風，如定時打籃球，喜歡戴棒球帽，喜歡吃速食餐廳如 Friday's 和 Dan Ryan's，泡美式夜店如 Hard Rock。不過他自我澄清說，他和賴聲川深受影響的其實不是美國文化，而是六〇年代，那種關懷他人的淑世情操。

當時有個頹廢藝文中年常泡的餐飲店「攤」，楊導便非常不以為然。認為那些人看似我行我素，其實只是在營造虛假的自由空間。如果真有自己的目標就不需要這些假動作，理當更有紀律、更不浪費光陰才是。然而阿瓜陪楊導哈啦這些，卻往往聊到午夜沒車回家，只能去女友家借宿。阿瓜忍不住自問，是要繼續享受當大師跟班的虛榮感，還是也該想想自己的目標在哪裡？

阿瓜和楊導同為A型，都喜歡秋天、陰天。跟在楊導身邊的日子，阿瓜卻不斷觀察到兩人性格的相異之處。例如阿瓜寫《牯嶺街》時，覺得全片該由白背景、曝光過度的特寫組成，結果拍出來多是暗沉的遠景，甚至搞不清楚是誰在講話。

《牯嶺街》開拍後，楊導覺得原聘的公關宣傳外務太多，一篇新聞稿不滿意，就被他撤換，找來當過記者的阿瓜遞補。楊導雖像孤獨的狼，但拍電影又不能離群，還是需要發新聞。或許由於吃過媒體苦頭，他對記者極不信任，阿瓜於是成為夾心餅乾。當時的一批電影記者其實素質整齊，聯合是藍祖蔚，中時是陳寶旭，自立是石偉明、陳鴻元，民生是褚明仁，跑新聞雖然競爭，卻也常互相支援。只有某些大哥級攝影記者姿態較高，有時會蹦出無理要求。

某個雨天，阿瓜陪同記者赴金瓜石拍片現場採訪。陳鴻元一車前導，阿瓜與褚明仁一車後隨。下高速公路後，卻跟丟了。最後才在雨中看到陳鴻元的車擱淺在路邊，原來是輾過路面一個大洞而爆了胎。阿瓜撐傘幫他換輪胎。陳鴻元說，十天前吳念真的父親出喪，他這同一部車載著褚明仁，就在同一個洞摔斷車前樑。幸而到了金瓜石，楊導居然網開一面讓記者拍照，阿瓜才沒有太愧疚。狼的情緒，還真無常啊。

有一回，楊導無意間談起奧芬巴哈的法語歌劇《霍夫曼的故事》，盛讚故事內容。晚上阿瓜回家，又接到楊導電話，說他找出音樂了，一個人聽得很過癮。就是那個晚上，阿瓜真的覺得，這匹狼也滿寂寞的。

第一次婚禮

晚上入宿溫泉旅社，和Vinia共浴，十分興奮快樂，卻熱昏了，眼前發黑，倒在床上二十分鐘動彈不得，才領悟愛到最高點即死亡的真諦。

1990.3.4

為了要一道出國念書，阿瓜和女友Vinia不得不奉父母之命成婚。阿瓜哥嫂的飯也快熟了，為求省親友的事，決定兄弟一起辦婚禮。這圖方便的思維，不料卻讓Vinia困擾不已。她不想和不認識的人一起辦終身大事。阿瓜卻十分大男人，只會責怪女友不為他著想。婚禮不過是形式，何必計較太多？Vinia別無選擇，只能委屈就範，但不時還是會鬧彆扭。

兩人在結婚前有一壯舉，跑到瑞穗去買了一間法拍屋。屋子是平房，內外有二十坪，位於溫泉路旁。前一天去探勘時，發現後院被鄰居拿去養雞。然而附近有牛棚、有小學，更讚的是，溪流清澈得看得到水草款擺，彷彿塔柯夫斯基的電影畫面，阿瓜立刻就愛上這裡了。途中遇到一所青蓮寺，兩人拜求能得標，結果房子地址記不清楚，第二天還再跑一趟跟佛祖更正，希望不要保佑到別人。

到地方法院一看，擠得水洩不通。房子底價二十二萬，兩人神經兮兮開了二十八萬，結果竟無人競標，順利買下。雖然花掉一部份出國積蓄，阿瓜卻覺得終老花蓮的美夢，彷彿已指日可待。

外省人和本省人聯姻，禮俗要彼此學習，兩家都戰戰兢兢。訂婚當日，瓜母怕瓜父又犯了愛講話的毛病，多惹事端，出發前叫他少開口。瓜父忽然發脾氣說不去了，難道他不配當公公、會丟瓜家的臉不成？瓜母也動了氣，叫阿瓜這個「很會編劇的人」去把這齣悲劇編成喜劇，阿瓜啼笑皆非。好不容易成行，將 Vinia 迎到餐廳，女方又發現要給阿瓜的金飾忘在家裡，手忙腳亂跑回去拿。吃完還得默默走掉，不能告別。阿瓜實在很想知道，當初是誰編的這個劇本。

兩人決定宴客前先公證。公證前夕，兩人在電話中大吵一架。Vinia 把這段時間受的委屈一股腦倒出，抱怨阿瓜毫不在意她和家人的感受。Vinia 哭個不停，阿瓜則心狠又悲哀地想：騎虎難下了。但次日兩人還是乖乖到法院完婚。阿瓜的老師臨時爽約，只好臨時把Vinia 的父親拉進來當證人。八對新人的集

鏡中情侶

團婚禮，不像結婚，倒像領獎狀。

迎親當天，阿瓜必須自行駕駛，讓瓜父非常不以為然：新郎怎麼可以當司機？但是開車的人手不足，也無計可施。訂婚需要六個人迎聘，結婚時又要六個人再演一遍。這次是阿瓜的同學爽約，便臨時找了好友紫女孩。到了 Vinia 家裡，照規矩吃湯圓時，紫女孩還失手把碗打破。阿瓜心裡嘀咕一聲——Vinia 小名就叫圓子，但也不能動聲色。

婚宴在中泰賓館，場面很失控，像缺乏舞監的演出。兩對新人忙著到處敬酒，沒空吃東西，也沒空陪久違的朋友聊天。阿瓜不改文青本色，買了一堆他心中的環保聖經《另一種生活價值》送給來幫忙的招待。直到回家入洞房，穿上丈母娘送的日本睡衣，阿瓜才真的覺得，像個丈夫了。

隔了一天，新娘歸寧完，回到《牯嶺街少年殺人事件》現場，繼續當場記。那晚在金華街的大專青年活動中心拍演唱會，導演特別設計阿瓜夫婦一起拍板，開機後卻偷偷安排了順子將蛋糕砸到兩人臉上，以為慶賀。半個月後，導演花八十萬買的六盤剪接機，讓剪接師、錄音師、和阿瓜賣力搬到導演家樓上。開張放的就是阿瓜和 Vinia 被砸蛋糕的畫面，真是溫馨極了。

這是阿瓜生平的第一次婚禮。他們瑞穗的房子，卻始終沒機會入住，最後還是轉手賣出。

小提琴與電鈴

「第一本詩集，總是包括一個人最重要的童年期和智慧發軔、感性敏銳的青春期，以及做為主要詩因素的夢境最為豐富的時期。所以往往可以看出詩人的氣質。」

鄭愁予對談紀錄 *1990.8.16*

一九九〇年的某個夏夜，阿瓜提早結束排戲，趕到梅新先生家裡，為了見鄭愁予一面。那是零雨的邀約，找幾個年輕詩人和愁予對談，好登在她主編的《現代詩》上。那時零雨《城的連作》剛出爐，阿瓜和羅任玲的第一本詩集也由曼陀羅出版不久，曾淑美《墜入花叢的女子》則已面世三年。

阿瓜從沒見過愁予，當然十分好奇。約的是八點半，但阿瓜到的時候已經晚了。發現幾位女詩人都在，就是不見愁予其人。原來愁予夫婦吃了劉紹唐的晚宴，八點半準時來到這裡，發現只有零雨一人，於是說要出去晃晃，與妻子聯袂離去。年輕詩人陸續來到，惴惴不安地猜測他是否生了氣，拂袖而去。四人面面相覷，不曉得該不該繼續等下去。過了兩小時，他居然回來了。原來剛才他見人沒到齊，索性趕去聽下半場的曼紐因小提琴演奏會。

愁予性情溫善，頭腦極為清晰。晚輩的詩他讀得不多，卻都能一語中的。他指出阿瓜的詩重視節奏，但提醒節奏可能造成機械性，可以多注重旋律。阿瓜當時有聽懂，卻不知如何實踐。不過，從愁予逮住機會跑去聽音樂之舉，渾然一股「為了藝術為了愛」的熱情，讓阿瓜學到更多。

八〇年代初，阿瓜就在武昌街見過周夢蝶。他書攤的書看來都很陌生，讓還是高中生的阿瓜，不知從何讀起。後來阿瓜出詩集，一本本都有寄給夢公，他也都會回贈還禮。一次收到的是木心《溫莎墓園》，一次收到的是洪素麗《十年散記》。當時還想，不知是他賣不出去的書，還是要拓展阿瓜的文學世界。也許阿瓜是讀得太少，想得太多。

九〇年代末，阿瓜和妻子在金華小公園旁租了一個頂樓，過頹廢的兩人生活。一天清晨六點多，突然門鈴大作。對於每天睡到中午的阿瓜來說，這是不可能的，一定是出了事。阿瓜掙扎起身，一開門，門口站的居然是夢公！那一瞬阿瓜彷彿置身卡夫卡的世界。他毫無預警造訪，開口便問：夏宇在哪裡？——那時阿瓜雖然幫夏宇處理一些紅塵俗務，卻對她的私生活一點也不清楚，更不知經常遷徙的她，現在游牧到哪裡去了。

原來是十年前兩人在公車上巧遇，夢公答應給夏宇一幅字，不知為何，現在才決定要還。阿瓜不曉得這是重然諾，還是發神經。睡眼惺忪中，也只能給他夏宇前男友的地址電話（阿瓜也其實並不知道他們還有沒在一起）。夢公飄然而去，看來又是不打電話，直接殺過去了。

這件事有兩個後遺症。其一，阿瓜始終想證明詩人也是常人，並不會口吐詩句、漫步雲端。但夢公的行徑，讓阿瓜的論點不攻自破。第二個後遺症是，夏宇在阿瓜結婚時答應送阿瓜一幅畫，一直到阿瓜離婚，都還沒實現。這個承諾期已經超過夢公的紀錄，但阿瓜還是覺得或許有一天，清晨電鈴響，這幅畫會突然出現在門前。

現代詩社聚會：零雨、羅任玲、劉季陵、梅新、莊裕安一家、曾淑美與小孩、阿瓜

新世界之旅

重要的是此刻的生存感受……

1990.6.3

年輕的阿瓜有求道之心，卻缺乏毅力自我鍛鍊及實踐，所以愛看求道的書，就像那種從不運動的球迷一樣。前輩阿晃在介紹《第四道》，他也去湊熱鬧；赫塞的《東方之旅》、理查巴哈《跨越永恆的橋》，都被阿瓜視為神秘指引，但要指到哪裡去，卻不甚了了。《第四道》和佛家「活在當下」的訓示，更讓阿瓜困擾：那豈不意味著，他所有來自回憶、囈想的詩與創作，都必須驅逐出境，把腦袋留給「當下」？

阿瓜也曾去參與葛羅托夫斯基的演員訓練，在雲門排練場的第一次徵選就通宵達旦。阿瓜始終無法擺脫導演角度，從演員本位出發。發現自己這一關突不破，阿瓜當即決定放棄做演員的想法。

不過阿瓜沒有放棄以劇場呈現尋道之路。他醞釀經年，從羅智成長詩〈問聃〉得到靈感，發展了一個孔子尋找老子的故事。故事把周遊列國之旅，挪前到孔子的青年時代，描寫一幫年輕人追隨亦師亦友的「孔大山」到處浪遊。彼時阿瓜還沒有開始周遊列國，更沒有政治經驗，所以孔大山的遊歷都是憑空想像的。比如他們會去到一間很像塔柯夫斯基《密獵者》開場的小酒館，酒館老闆還口出無人能懂的外國話。阿瓜以為他在表達追尋，但其實只在表達徬徨。

阿瓜偷了卡爾維諾的書名《如果在冬夜一個旅人》。在蘆洲廢墟請順子幫忙拍攝的宣傳照，也仿塔柯夫斯基的畫面。演出時劇中人完全著現代服裝，在當時頗引起兩極意見。戲由表演工作坊製作，在國家劇院實驗劇場演出多場。不過劇院的體系官僚氣息重，設備不給碰，必須由院方的技術人員操作。但那些大哥並不敬業，在最後兩場還走錯音效，對演出造成嚴重干擾，阿瓜直覺是被惡整，但也無計可施。

當時藝文小圈圈很盛行印地安巫士唐璜（後來改譯為「唐望」）的系列叢書。阿瓜也很著迷，並信以為真——比如每個人的死神都站在自己的左後方，之類的。孔子開排前，有一天阿瓜讀到唐望故事《新世界之旅》中的教誨：「停頓舊有對世界的認知」、「不做自己知道怎麼做的事」，忽然想身體力行一番。他開始用全新的眼光看自己的家，發現那些牆上的壁飾、圖畫，幾乎是他從來沒注意過的，周遭世界驟然開闊起來。冒險途中，還看到院子裡整治完善的花木，更覺媽媽的偉大。阿瓜看著魚缸和狗碗，想到餵狗餵魚這些工作，他竟然如此生疏，事實上以前根本是在有意逃避。「現實」如此豐富，阿瓜竟然岌岌於每天報紙的二手傳聞，豈不愚妄極了！

這一醒悟，讓阿瓜的孔子劇本，寫到最後兩章寫不下去了——他的新認知根本擺不進去，但又沒有勇氣把整齣戲全盤推翻。他只能專心實踐，想在劇場裡做的小小叛逆。比如儘量採用現實光源（影印機的掃瞄光線、魚缸燈的光……）、讓台上城牆的水管最後噴水。阿瓜還半夜從二手家電行外的騎樓，偷搬了一些舊電視，堆在台上讓孔大山揮鎚猛K，發洩對浮華世界的不滿。阿瓜當時以為，劇場的極致不過如此。這齣戲既是他畢業後的第一齣作品，也是他打算告別劇場之作，卻作夢也想不到，時隔二十年，自己仍然身在劇場裡。

《如果在冬夜一個旅人》，楊順清攝

海市蜃樓

「窮著回家，便不知將來竟要從事何事，方能不再陷此窘境，也不可讓終生託付於我的女人受苦。死的念頭一閃而逝，無論如何不能像眼前這些人一樣碌碌苟生。」

1987.9.8

年輕時阿瓜對未來很茫然，所以到處找明燈。理查巴哈《跨越永恆的橋》中有個最方便的指示——閉起眼睛隨手一指，都會得到你的答案。阿瓜於是乾脆把這本書翻開，如法炮製，竟得到上面這段話。

阿瓜不想死，卻立刻升起不願「碌碌苟生」的決心！然而有了決心，不代表不會迷路。前輩們的指引，往往南轅北轍。例如李立群曾經勸他說，應該學著當演員。因為太早開始創作，必不成熟，做演員剛好可以吸收經驗，何況現在的好演員太少。

阿瓜覺得有理，差點忘了自己根本不會演戲。然後另一位師長瘂弦則勸阿瓜好好寫詩，不要像他一樣被報社摧毀，要「心心念念於自己的創作」。阿瓜非常感動，也差點忘了寫詩沒法當飯吃。

倒是年長幾歲的同學，比較務實。其中一個計畫是死黨長灝提出來的。兩人都對電影狂熱，長灝當過兵，便提議畢業後，阿瓜先去當兵，他去做事；等阿瓜出來，接長灝的工作，讓他出國唸書；等他念回來，阿瓜正好賺夠錢出國；阿瓜回國時，便一起闖事業，把老朋友都找回來，成為「國內藝術界的典範」！

阿瓜覺得這如意算盤簡直太讚。後來阿瓜喜歡上一個學妹 Vicky，計畫又變了。Vicky 只肯讓阿瓜當好朋友，因為她的夢中情人應該是理工科的，寬肩、捲髮，最好還有落腮鬍，阿瓜沒一項合格。有一回去溫蒂漢堡，兩人吃到烤洋芋，吃得心花怒放，立即商量出一個大計劃：

等阿瓜當完兵，她剛好畢業，可以在東區合開一家價廉物美的烤洋芋專賣店，必然賺錢。一年後阿瓜存夠了錢，便赴法留學，她留在國內搞兒童劇團，週末還在店裡辦藝術之夜。過兩三年，阿瓜學成時，她來法國，阿瓜帶她環遊歐洲，再一道回國。阿瓜幫她做劇團，並傳授法式烹飪，業務可望蒸蒸日上。即使阿瓜沒有電影拍，一輩子做餐館生意，也夠痛快的了！

這「一生的知心伙伴計畫」還包括，阿瓜做她兒女的乾爹，幫他們選書；她則幫阿瓜挑衣服、設計房子。兩人後來經常在劇場合作，但是 Vicky 一直沒生小孩，讓阿瓜無法一償當乾爹的願望。

對於要不要走電影路，阿瓜也一直心存忐忑。阿瓜小學三年級時曾因功課好被指派為班長，但是實在缺乏領導能力。自習課，黑板記滿了名字還是沒法讓同學安靜；帶隊到操場升旗時，一轉彎，隊伍就會綻開成麻花。勉強撐了一學期，老師也實在看不過去，趕快把他換掉。從此阿瓜就明白自己不是領袖人才。但是拍電影就像打仗，阿瓜不是不想創作，實在畏懼帶兵。

每看到精彩的電影，阿瓜就又放棄拍電影一回。看到楚浮《偷吻》，阿瓜大叫：我就是想拍這樣的電影！何必再拍呢？看了《生命的訊息》又讚嘆：荷索二十五歲就拍出了一生最好的作品！自嘆不如。看了高達《激情》又振奮起來：電影不只是車，而是飛毯！就這麼望著心中的海市蜃樓，反反覆覆。

二十六歲那一年，阿瓜搭車經過花蓮，看到前方馬路上水影歷歷，等開近卻又蒸發般消失無蹤。同車的小野告訴他：那就是海市蜃樓。阿瓜才曉得，海市蜃樓竟然確實存在，而且當你看著它時，它就是真的。

與 Vicky 的「青梅竹馬」照

陌生人的慈悲

有一精神失常的女孩跑來校內吃草。

1985.5.23

年輕時的阿瓜，常被大人罵懶。其實不是懶，是自私，只顧自己的事，管身邊的人去死。奇怪的是，對陌生人的苦難，反而特別熱心。

大學畢業等當兵的日子，有一次搭公車，看見一個穿北一女制服的女生，哭個不停。阿瓜搜索書包，沒東西可以安慰她。女生下車時，阿瓜明明還沒到站，卻也跟下了車。他一路尋思該買什麼東西，最好是手帕，但沿路都沒看到。女生走得極快，阿瓜隨手買了一個小坯布袋，上頭寫了「平常心」三字，把她叫停下來，送她。女生竟純真地笑了：「你怎麼知道我難過？」還問阿瓜在車上坐哪。兩人匆匆數語別過，再也沒重逢。

大三時阿瓜有一晚逛汀州街舊書店，被一個穿長裙的女子攔住，請他幫忙打公用電話，找一位馮先生。電話是馮太太接的，口氣很不好，硬要問阿瓜找她先生何事。阿瓜草草應付，掛了電話。長裙女子神情焦急，說她從南部上來，這兩天一定要找到馮先生才行。阿瓜當時編劇課找不到題材，當機立斷，提議陪她去馮家找人。兩人便搭公車去了內湖。女子路不熟，說她只一個月前來過一次，那是一獨棟公寓，卻怎麼也找不著。於是阿瓜又代她打電話，響了許久才又被馮太太接起，阿瓜才意識到，此刻夜已深了。她虛弱的聲音，回說馮先生不在。阿瓜的惻隱之心立刻轉向。丈夫不在家的夜晚，又頻頻有人找他（長裙女子之前想必也打過電話），妻子心中的孤寂，不言可喻。

長裙女子無奈，公車又已收班，只能搭計程車回公館。她一再聲明這不是她的事，也不是馮先生的事，但與兩人都有關，也牽扯到感情。後來又反反覆覆叨念，如果馮太太接電話的話，對她比較好；馮先生接的話，對阿瓜比較好。阿瓜摸不著頭腦，只能猜想是女子說謊，她根本是人家的情婦。最後女子還告誡阿瓜不可輕易相信別人，才放他走。阿瓜什麼也沒問出來，劇本也沒寫成。

當記者之後，有一回女友告訴他，她好友的小妹遇人不淑，嫁了個長得像楚留香的救國團青年。那人竟多次試圖勾引妻子的三個姊姊，彷彿吃定了她們靦腆的一家。她們怕同住的年邁婆婆曉得，也怕小妹知道後，承受不住而自殺。苦無對策，甚至還想找偵探刺探妹夫的外遇，拍照打官司。阿瓜聽了義憤填膺，雖然從沒混過江湖，卻出個餿主意：套那人布袋，給他一頓狠K，讓他以為是在外風流冒犯了誰，以後收斂一點。

阿瓜回到報社招募打手。一個同事樂意相助，另一個則以為不宜動武——小妹應該學著承擔她的選擇，畢竟那是她的人生課題。阿瓜想想，也有道理，才罷了手。三年之後消息傳來，小妹與夫婿移民美國後，小妹上吊自殺，被發現時全身赤裸。家人覺得疑點重重，但趕去美國時，遺體竟已在妹夫同意下火化。

阿瓜不知道該不該後悔當初沒有把那人狠揍一頓，也無法得知這樣會不會改變命運的軌跡。為這個他從未謀面的小妹，阿瓜寫了兩首詩，然後也只能把那妹夫的名字，給了自己第一部電影裡的某個討厭鬼。

夢十夜

阿瓜的日記有將近一半在寫夢。因為夢比現實不可思議，讓他覺得更值得記載。現實卻證明，它絕對有能力超越夢境。

夢見了諾。她坐公車途經充滿石子的崎嶇山路來到我的學校，我與她同遊，她自動勾上我的左臂，喜悅與幸福深深地感動了我。我握住她的手：並不那麼滑膩。而她笑著說：「你媽媽有叫你握女生的手嗎？」我快樂得不知如何形容。

1985.12.24

夢見買了兩張舊唱片來洗掉，卻錄不進去。好不容易錄進去，卻很小聲，也破壞了原有好聽的老歌。

1987.4.26

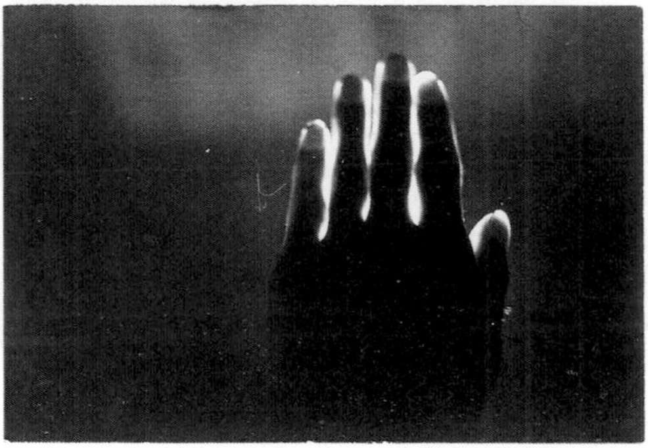

觸夢的手

與 Vinia 從台中搭車到卡多里樂園，快下班了，只有我倆，和一些員工的小孩。好不容易等到四個人坐三百六十度旋轉飛車，終償宿願，上去才後悔莫及——簡直把人嚇死！最後一名婦人領我們進「哈哈門」，丟下一句「找真門出去。」就走了，燈都沒開。等了半天沒動靜，出去一看，她已在游泳池另一端，看來是到出口等我們去了，只好試著自己開燈。待摸索出去，才發現全園已空無一人，連旁邊的旅館都大門緊閉。沒錯，我們該「找真門」！不由想起剛才在雲霄飛車上驚叫，下頭的女看門人卻無動於衷的神情。

1988.10.22

上班時走山路見一小飛機栽入對面山坡；到山下又見一狗被車撞了又跑掉。此二事似皆與我腹痛有關。飛機撞山事後來晚報有登。

1989.9.13

原先是立華和一個女演員要上台演夫妻的，立華肺疾，臨時抓我墊場。結果那女演員也沒上台，只我一人乾耗，變盡各種像煞有介事的把戲，累得半死，掌聲稀落得可憐。

1990.3.29

和長灝到醫院的六樓探病，一個女孩照顧她病弱的母親。候診室有許多張臉等候著。護士卻宣布時間到了，大家只得起身離去。不料忽傳外面有個瘋子持刀殺人，出入口封閉，所有人被困住了。我看到女孩的母親臉色發綠，告訴同學時，才發現是燈光使每個人的臉慘綠、淺藍或蒼白。此時有電梯上來救人，卻眼睜睜直升到樓上，按鈕叫它往下，一下按過頭，到了五樓，連忙又控制回來。進電梯時我的手指被門夾到，幸而無礙。只是電梯竟開始繞大圈旋轉，我按了「open」，前後兩扇門同時開啟。我嚇死了，怕瘋子會跑進來。卻只見兩名護士跟著電梯跑，嚷嚷：「這片子不能送去放映了啦，開過封了！」

1986.12.8

幾個學弟殺人被判死刑，令我極度焦慮。獲知他們減刑為十五年後，我興奮極了，連忙到牢房報訊。醒來後淚流滿面，覺得生命如此短暫，應該好好珍惜，於是找了Vicky和夢中的兩個學弟（其中一個是臭屁的新生），要和他們分享這個夢。我隔著鐵欄絮說，他們卻愛聽不聽，Vicky還跟那個屁子在一邊擁吻，並轉身對我得意地微笑。我連忙轉入下一個夢境。

1990.6.22

昨晚睡姿不妥，雙手腫脹，即夢見被兩隻狗分別將手含咬住，怎麼也甩不脫。

1987.8.9

二十四歲了。夢見夜晚坐公車進一僻處，導演要拍我的下部跟孫越的臉配。我服從命令，便把那根割下，是勃起時大小，內似乎又有金屬細管。他過來一看，說不用割了，我又為如何縫回去惶恐。一摸，原來又已長出一根。

1988.10.23

在看一部電影，快看完才憶起似乎看過。出來電影院大廳，感覺恍惚，見到馬汀尼，她剪了好看的學生頭，正與人言笑。我問她我是否在做夢，她說不是。我們穿過走廊又走回廳中，見舞蹈系的美蓉正平行浮在半空，我又問一次是否在做夢，她答不是。和 Vinia 走出花園，見還在下雨，我放心了，知道不是做夢，因為記得進場時下雨的。不料卻在一瞬間回到床上，嚇出一身冷汗。真在做夢。

1989.9.24

【後記】種瓜得豆

想想日記是多可怕的事。一生中的每一天，都有記錄。實在是人類徒勞無功的生存之最佳表徵。

1988.5.17

我們通常不在歷史中心，只在自己的中心。關心的是工作能不能交差、想吃的麵店今天是否公休、那女生這樣看我什麼意思……，跟歷史的壯盛隊伍擦身而過，渾然不覺。若非有那十八本日記，記性奇差的阿瓜，也不會發現自己是如何糊里糊塗地度過他的八〇年代。

當年阿瓜在意的是什麼，翻開任何一頁日記便知。一九八六年五月十六日，阿瓜收到《中外文學》寄來的第一筆稿費，有八百元，讓他喜出望外。他拿了錢就開始發願：要學法文、讀理論、看電影、跟拍片、與影評人聊天……「多忙，多有希望！」還成天發夢要去巴黎。

這心比天高的文青，耽讀的是赫塞、紀德，仰望的是楚浮、高達。還跟主流報紙的社論一鼻孔出氣，認為立法院的暴力、街頭示威的亂象，是台灣之恥。他並非不曉得，楚浮高達可是曾經站在反政府遊行前鋒的；只是對他而言，那叛逆是一種浪漫，跟眼前的喧鬧扯不上關聯。

一九八九年二月二十八日的夜晚，阿瓜從藝工隊的寢室窗口，望見外面長老教會策劃的大遊行，非常壯觀。承德路上燈火點點，如同迎靈。許多阿兵哥都不知道二二八是怎麼回事，知道的便七嘴八舌解說起來。誰也沒想到過了幾年，二二八成了國定假日，也成為連小學生都能琅琅上口的考題。

遊行是當時幾乎每天發生的景觀，阿瓜還納悶怎麼每天那麼多人有工夫出來閒晃。這就是八〇年代，不值得大驚小怪。阿瓜開始參與反政府的社運遊行，竟已是二十年後了，台灣社會早翻了幾番，可見他對時事之冷感。

當年阿瓜之於小劇場運動，也只是觀眾，頂多寫了一些見樹不見林的批評，卻想不到竟成為許多演出僅存的見證文獻。新電影看了幾年，首次誤打誤撞參與編寫的電影劇本，竟讓他得到至今唯一一座金馬獎。事實上阿瓜當時想的，不過是趕快把導演交代的功課寫完而已。

《恐怖份子》剛開拍時，阿瓜不小心把另一位助導施明揚的眼鏡撞掉。那眼鏡是圓形的，一撞，右邊鏡框的上緣就脫落了。用強力膠黏回去沒幾天，上框又掉了，而且再也找不到。施明揚急了，他著急的不是眼鏡壞掉，而是他正在客串《戀戀風塵》中橫刀奪愛的郵差，怕眼鏡壞了不連戲。幸而侯導的鏡頭夠遠，阿瓜闖的禍才沒有成為這部影史名作的老鼠屎。

事件的重要與否，完全來自我們的後見之明。當然歷史也是後見者書寫的。我們可以盡情嘲笑阿瓜當時的目光如豆，以及滿腔對藝術與愛的謬誤熱情，卻不能保證，此刻的我們已然得到教訓，可以倖免於後人的嘲哂。

一九九〇年十一月六日，阿瓜毫無預警地中止了日記。連當兵都能苦撐著寫下去，卻在某年某月的某一天，莫名失去動力。一個人的書寫看似鉅細靡遺，但日後看來，漏掉的實在比記下的多得多。如此看來，人生的每一天，莫不是在醉生夢死。然而，打開眼睛，我們就

真能看得清這個時代？再過二十年，能保證這些日記不會坦露它們漏掉的更多事實？

阿瓜掩上日記，決定在文字中斷之處，讓記憶開始執行它的本務——塗改。也許這才是人生的真相。

【附錄】文青作為一種「精神狀態」：從《台北波西米亞》到《阿瓜日記》

對談：楊澤・鴻鴻

伍迪艾倫說：「悲劇加上時間會變成喜劇」；楊澤說：「文青加上時間，也會變成喜劇。」從二〇〇三年的紀錄片《台北波西米亞》開始，橫跨現代詩、劇場、電影的鴻鴻，試圖描繪台北都會的文青群像，即將出版的《阿瓜日記》（之前以「三少四壯集」的專欄形式在《人間副刊》連載一年），上溯整個八〇年代，更不經意重構了當年文青的純粹與癡傻；而老文青楊澤則強調，文青是種「精神狀態」，是戲中戲，不是職業，也不是身分。文青成熟的第一步，就是能夠從人生跟藝術全然不分的戲中戲狀態走出來。

八〇年代以降的台北波西米亞

楊：二〇〇四年你拍《台北波西米亞》，別開生面，拍的是別人，可算是種小劇場的野史；現在你出書，出的內容是日記，複製加上眉批的二十年前的自己，這就成了私史。在我看來，透過你的電影《台北波西米亞》和即將出版的書《阿瓜日記》，至少能連結從八〇年代到世紀初這二十年來台北文青的某種狀態。只是，《台北波西米亞》是很特別的紀錄片，也是真人演出；是年輕藝術家的畫像和精神傳記。相對於《台北波西比亞》，《阿瓜日記》就像自畫像，對我來說卻更難得。

承接十九世紀歐洲波希米亞傳統而來的藝術家畫像和自畫像，在台灣似乎沒人做過，即使有，也不像你這種有現場感的東西。有一次我到校園放這部紀錄片，發現當代文青普遍知青化，卻一點也不在意歷史淵源；說不在意似乎不夠準確，對他們來說，歷史似乎只是在製造距離與隔閡。《台北波西米亞》也許是當年比較有想法的老文青看了會懂的，現在的《阿瓜日記》又更清楚地把這淵源講出，有點像是姐妹作，但挑戰性更大。除了日記外，你也有書信和老照片，假如我是文藝史家，這會是很重要的材料。

鴻：我在拍《台北波西米亞》時，其實是想藉他人酒杯來澆自己塊壘，陳述藝文這東西到底有什麼了不起？現在很多比我年輕五到十歲的人都還在做劇場，沒名也沒利，但雖然大家會對外形象是苦的，內心卻很快樂，我想把這種反差記錄下來，同時也反問自己；至於日記，其實我是個記性不好的人，當時你找我寫三少四壯，一開始我其實不記得我有日記，後來不知為何想起來，於是去找了一下，發現真的是一九八一到一九九〇，跨越整個八〇年代。很多人日記是寫情緒，我都是在寫事情，遇到了誰、做了什麼事等等，後來覺得太流水帳，於是停掉了，從沒想過二十年後自己會有機會再回來看，看的時候很驚訝，發現我腦中記得的事情，很多都經過重組，在日記中還原了脈絡和狀態。所以我後來幫這個人取名叫阿瓜，從現在的觀點去看當時年輕的自己，那種呆自負也自溺，我很肯定要是他現在出現在我面前，我一定不會喜歡他。在這過程中，我真的感覺到很多那個年代的氛圍，不只是現在的年輕人無法想像，連現在的我都很難想像，比方說要搭公車發現沒零錢，就走很遠很遠的路，想辦法換到一點零錢，或為了打通電話而找零錢，找零錢在那年代好像是年輕人很重要的事。那時我好像一天可以做五六件事，包括在蘆洲上課，去台北電影圖書館看電影，買CD、約會等等，那是坐公車慢慢晃的年代，因此我覺得這年輕人太瘋了，滿腦子文藝，甚至談戀愛的對象也不那麼重要。我不知道到現在我有沒有改變，總之有一個距離去看這真實記錄，我覺得很有意思，試圖用比較嘲諷的方式，把真實的關連性抓出來寫。

誠實與自嘲

楊：時間的距離，讓你有一個可以操作、可以眉批加註的切入和詮釋角度，隔了二十年去看自己，充滿了某種戲中戲趣味。原本你的人和詩文便較輕盈，但《台北波西米亞》那些人是很重的，又酷又頹，標榜的是某種「痛飲狂歌空度日，飛揚跋扈為誰雄」調調，由你來講，有種適切的距離，變得非常富喜劇性。至於《阿瓜日記》，我想問你的是，回頭看那本日記，覺得自己跟日記中的那人有很大差別嗎？

鴻：我跟那個人有沒有差別，其實應該問旁觀者。

楊：你這樣回我，在我看來就是一種基本的誠實。我知道，《阿瓜日記》在副刊連載期間，因為太誠實或真實，逼得你最後得要向某些無法接受過去自己的老文青道歉，對你的文本進行，至少在人名上，某種改頭換面。不提這些，如果我可以從另一個角度來談，我會舉你和楊導（楊德昌）、賴聲川的關係為例，他們都是你的恩師，但不管是十幾年前寫影評批評楊導的《獨立時代》（包含你自己在其中演的作家角色），還是最近為文批判賴老師的《夢想家》，你都是那開第一槍的人，在我看來，你的真實度，至少你的旁觀者角色往往發現應該是可靠的。

《阿瓜日記》有一種呆、一種拙，一種自我暴露不翻供的誠實。我們老了，回頭去看年輕時的東西，檢視年輕時代的自己，裡面充滿許多笨拙好笑、突梯滑稽，卻讓你我有機會可以看見自己。很難得，你願意看見、凝視過去的自己，這是一種誠實；加上年輕人本來擁有的大剌剌的誠實，這裡面似乎已經有兩種誠實了。

鴻：也許是我覺得這種嘲諷的角度會是一種方式，讓我可以去面對當年做的蠢事，如果沒有這種角度，我可能會覺得丟臉。

楊：因為你一直有種輕盈，所以能很快抓到一個 Tone 去寫自己。

鴻：也許是伍迪艾倫教我的，他自豪的東西他都會拿來自嘲，我在學用這種自嘲的方式來面對自己。其實當時的我對社會、政治很不敏感，腦袋裡只有異國情調的東西，當時社會上發生的大事我一件都沒寫，偶爾有一兩件大事會讓今天的我看到嚇一跳，那都是不經意記下來的。比如我寫到林正杰在台大門口聚眾反抗，我當時看傻了，但全然不知是什麼事，像這樣的事遍佈在日記很多角落，我把這些事拼貼在一起，就會發現那種年輕人的疏離感和自我耽溺，這也是我刻意想書寫的。

楊：阿瓜是一個不食人間煙火、純粹的文青樣板，現在的你似乎更知青化，在關心介入社會這部分有相當大的轉變。其他部分呢？你認為現在的你，跟那時候有很大差別嗎？

鴻：就談感情這方面，好像沒有什麼差別。

楊：你說你受伍迪艾倫影響很深，伍迪艾倫擅於掩飾，把自己脆弱的一面用滑稽的方式表現出來。他是一個根深蒂固的文青，時常會流露《呆頭鵝》（*Play It Again, Sam*）開頭，獨自坐在電影院觀賞《北非諜影》的那種神情。片中他飾演的這個癡狂影迷，幻想自己能成為像亨弗萊．鮑嘉那樣的角色，最後，戲與人生的分野渾沌不清，妻子和他離婚，在對感情的亟欲渴求下他愛上了朋友的妻子，卻又無法真正將人生演成電影。這可說是雙重情節，又是戲中戲，但這之間的拉扯被他用一種自嘲的距離觀看，讓他，也讓我們觀者更明白如何與現實、與世故對話。

鴻：我覺得他是用掩飾的手法把自己抒發出來，但保持一個安全感，會覺得很自在，可以去面對自己。一九九四年我跟楊德昌導演一起作《獨立時代》，楊導也非常喜歡伍迪艾倫，但我在旁邊看，發現他們是兩種完全不同的人，因為楊導不會自嘲，電影裡他願意剖開自己，通常都是因為痛。

我大學時代不喜歡伍迪艾倫，覺得他就是囉嗦的知識份子，但經過《獨立時代》後，我愈來愈欣賞伍迪艾倫這種自嘲，自嘲時面對自己，就有了一種高度，必須不斷審視自我。我前兩年有個機會重看楊導的《獨立時代》，比我當年看覺得好看許多，可能也因為有了距離。他確實構築了一個縮影、一個預言。

楊：比起當年，台灣社會如今進入資本主義更深，也就更理解楊導當年想要批判的都會眾生的光怪陸離。

鴻：但我覺得他還是有些說教，Woody 會把他的說教變成笑話，但楊導就只是說教，人物滔滔不絕，觀眾就會一直退，所以那時我也發現，幽默是很重要的一件事，它可以讓你一直進去，而不是退出。

文青是種「精神狀態」

楊：伍迪艾倫說：「悲劇加時間等於喜劇」，我覺得，文青加時間也等於喜劇。文青是一種精神狀態；我們漸漸老了，愈覺得文青的純粹、呆、疏離，其實可愛極了，可是文青一開始身陷局中，並不了解這是怎麼回事。文青可能很浪漫、不切實際，可能是情殺犯，會自殺也會殺別人。依照我的歸納，文青第一是愛情的乞丐；愛情的乞丐其實跟小丑沒太大差別，這你應該會同意。文青第二是自由的奴隸；就如同珍妮・摩露所說，渴望到異國他方、到廣大的世界去流浪，渴望很多很多自由，為的卻是要找到，那麼一個人，讓自己最後可以跪下來，當他的奴隸。這便又加重了文青的不食人間煙火和不著邊際。文青最後是死亡的天使；文青不是特別活得不耐煩，但他往往很想死，卻死不掉。每一個文青都自以為死過好幾次，但真正的「死」或脫胎換骨，往往需要長時間和特別機緣。

在我看來，《阿瓜日記》充分證明此事，文青是情感狀態，也是思想狀態。情感狀態當然跟愛情最有關，跟對音樂、對電影的愛，對文學藝術的想像連結在一起（美國老祖母級的影評人 Pauline Kael 就曾發明了「電影愛」movie-love 這樣文藝腔的字眼）。而思想狀態，對大部分文青而言可能就很模擬、模仿，十足「崇洋媚外」，就像昆德拉說的「生活在他方」，不可能好好活在台北。但《阿瓜日記》似乎證明你曾經真的在台北「存在」過。

鴻：日記中我可能在台北「存在」過，但當時我並沒有真的在台北，只是留下一堆奇怪的證據。現在回看八〇年代，對整個台灣來說，真的是很大的轉捩點。那時所有老師都剛從國外回來，他們會帶我們去海邊上課，唱卡拉OK，做各種奇怪的事，我被帶去享受以前從未經歷到的台灣，上一代知識的傳接，還有海外回來的思想傳接，感覺非常豐富，好像跟一群很年輕的老師一起在台北闖蕩。

楊：八〇年代中後期，你的那些老師，最早可能在七〇年代出去，老早離家出走得夠遠，可能小小畫了一個圓，所以他們可以回來有所回饋。你當年是校園小文青，卻碰到一個大時代，但你的老師們畢竟當年也只是老一點的文青（還不是老文青），你們大小文青因此可以天天玩在一起，甚至鬧成一塊。我要再強調，文青其實是一種精神狀態，因為它不是一個 real job，不是一個身分，不是一個職業，到底是什麼也說不清楚，隱隱之中似乎有強大的認同卻又什麼都不是。你所屬的八〇年代文青的第一個狀態因此便是，離家出走，尋找自由，尋找意義。（也因此，讀《阿瓜日記》會讓我一直聽到來自上一代，來自外在世界的某種咒語般的勸戒：為什麼還不長大？還不好好找份工作？Why don't you grow up? Why don't you get a real job?）

鴻：我覺得那是有點道德瓦解的時代。我是外省家庭長大的小孩，會寫詩去投《中央日報》的那種，因此楚浮的電影衝擊到我，他讓我覺得原來面對人生也可以坦然而不帶任何道德判斷。我想到七〇年代所有的文青全部都集中在藝術電影的場域，可是到八〇年代，好像都移轉到劇場，劇場是個更開闊的地方，讓更多實驗可以直接付諸實行，更可以跨界。

楊：文青的純粹度就是求真求美，你們當年的實驗不只在劇場，在你寫出來的文學藝術的大跨界，也跨到了整個人生，而且就是那麼明目張膽的跨。像英國詩人說的「浪漫派就是一壺潑倒在桌上的糖漿」，文青的原始生命狀態也是人生跟藝術全然不分的。文青成熟的第一步，也許應該就是有能力從人生藝術全然不分的戲中戲狀態大步走出來。

紀錄・文字整理：葉晏如

釀文學84　PG0699

阿瓜日記
──八〇年代文青記事

作　　者　鴻　鴻
責任編輯　孫偉迪
圖文排版　楊尚蓁
封面設計　陳佩蓉

出版策劃　釀出版
製作發行　秀威資訊科技股份有限公司
114 台北市內湖區瑞光路76巷65號1樓
電話：+886-2-2796-3638　傳真：+886-2-2796-1377
服務信箱：service@showwe.com.tw
http://www.showwe.com.tw
郵政劃撥　19563868　戶名：秀威資訊科技股份有限公司
展售門市　國家書店【松江門市】
104 台北市中山區松江路209號1樓
電話：+886-2-2518-0207　傳真：+886-2-2518-0778
網路訂購　秀威網路書店：http://www.bodbooks.com.tw
國家網路書店：http://www.govbooks.com.tw
法律顧問　毛國樑　律師
總 經 銷　聯合發行股份有限公司
231新北市新店區寶橋路235巷6弄6號4F
電話：+886-2-2917-8022　傳真：+886-2-2915-6275

出版日期　2012年5月　BOD一版
定　　價　280元

國家圖書館出版品預行編目

阿瓜日記：八〇年代文青記事 / 鴻鴻著. -- 一版. -- 臺北市：釀出版, 2012.05
面； 公分. --（語言文學類；PG0699）
BOD版
ISBN 978-986-6095-86-3（平裝）

855 101000355

讀者回函卡

感謝您購買本書，為提升服務品質，請填妥以下資料，將讀者回函卡直接寄回或傳真本公司，收到您的寶貴意見後，我們會收藏記錄及檢討，謝謝！

如您需要了解本公司最新出版書目、購書優惠或企劃活動，歡迎您上網查詢或下載相關資料：http:// www.showwe.com.tw

您購買的書名：________________________________

出生日期：________年________月________日

學歷：□高中（含）以下　□大專　□研究所（含）以上

職業：□製造業　□金融業　□資訊業　□軍警　□傳播業　□自由業

□服務業　□公務員　□教職　□學生　□家管　□其它____

購書地點：□網路書店　□實體書店　□書展　□郵購　□贈閱　□其他

您從何得知本書的消息？

□網路書店　□實體書店　□網路搜尋　□電子報　□書訊　□雜誌

□傳播媒體　□親友推薦　□網站推薦　□部落格　□其他________

您對本書的評價：（請填代號　1.非常滿意　2.滿意　3.尚可　4.再改進）

封面設計____　版面編排____　內容____　文／譯筆____　價格____

讀完書後您覺得：

□很有收穫　□有收穫　□收穫不多　□沒收穫

對我們的建議：________________________________

____

____

____

請貼
郵票

11466
台北市內湖區瑞光路 76 巷 65 號 1 樓
秀威資訊科技股份有限公司 收
BOD 數位出版事業部

(請沿線對折寄回，謝謝！)

姓　　名：＿＿＿＿＿＿＿＿＿＿　年齡：＿＿＿＿　性別：□女　□男

郵遞區號：□□□□□

地　　址：＿＿＿＿＿＿＿＿＿＿＿＿＿＿＿＿＿＿＿＿

聯絡電話：(日)＿＿＿＿＿＿＿＿＿＿＿＿(夜)＿＿＿＿＿＿＿＿＿＿＿＿

E-mail：＿＿＿＿＿＿＿＿＿＿＿＿＿＿＿＿＿＿＿＿